내 입으로
나오는
말까지만
진짜

루프테일
소 설 선

내 입으로
나오는
말까지만
진짜

왕
후
민

소
설
집

loop

페이지 너머 이야기의 곡선, LOOP

루프(LOOP)는 미디어샘의 소설 레이블로, 페이지 너머까지 이어지는 이야기의 곡선을
따라 새로운 재미를 탐색합니다. '루프테일소설선'은 긴 꼬리처럼 끝없이 뻗어 나가는
이야기 실험의 연속선입니다. 현대적 감수성과 상상력이 결합된 서사를 통해 익숙함에
기대지 않는 소설 읽기의 즐거움을 전하는 작품들을 선보입니다.

차례

팬티 도둑이
뭐가 나빠

1

나는 간이 아픈 것 같다. 이건 비유가 아니다.

1년 전, 나의 조카 오가 내 간을 떼어갔다. 의사의 말에 따르면 나의 간은 그 애의 쓰레기 같은 간 부위보다 더 크고 또 알맞게 이동되었다고 했다.

"간단한 이야기입니다."

그는 내 어깨를 몇 번 두드리면서 말했다.

단타안단. 단탄다안다안단.

"간은 재생이 되는 장기입니다."

이전에 했던 이야기를 반복하며 그는 다시 내 어깨를 두드렸다.

단다안단단단다안다안단.

간이 재생이 되는 장기이기 때문에 건강한 내 간을 떼어다 온전치 않은 오의 간에 갖다 붙이는 것은 합리적이었다.

조카는 수술대에 오르기 전까지 조잘거렸다. 대부분이

"아프지 않겠죠?"와 같은 물으나 마나 한 이야기였다. 오는 마취주사를 맞고 나서야 조용해졌다. 모든 일이 끝나고 회복기에 들어섰을 때도 오는 조용했다. 그 많던 질문들이 어디로 갔는지 나는 궁금했다. 나중에서야 그것은 답변이 없어도 상관없기 때문이라는 걸 알았다.

반면 나는 수술이 끝난 후에야 궁금한 것이 아주 많이 생겼다. 내 간이 내 몸을 벗어난 상태로도 잘살고 있는지가 가장 궁금했다. 간을 떼어준 것은 나인데 딱 그만큼의 질문이 그만큼의 부피로 내 나머지 간에 접합되어 있는 기분이었다.

- 1

오는 나보다 열 살 많은 오빠와 새언니 사이에서 태어났다. 그때 오빠는 열여덟 살이었다. 오와 나는 여덟 살 차이가 난다. 오빠와 새언니와 오는 따로 나가 살지 않고 그대로 우리집에 눌러앉았다. 사실 나는 언제나 동생이 있으면 좋겠다고 생각했다. 그 직후 우리 엄마와 아빠는 교통사고로 돌아가셨기 때문에 나와 오는 자매나 다름없이 자랐다.

그 애를 처음 봤을 때가 생각난다. 새빨갛고 못생겼다.

팬티 도둑이 뭐가 나빠

정말 이렇게 못생겨도 되나 싶을 정도로 못생겼다. 오빠는 자신의 아이를 남에게 보여줄 때 늘 자기가 먼저 그것을 짚었다.

"못났지?"

아이를 싫어해서가 아니었다. 사람들이 머릿속으로 떠올리고 있을 생각을 정확히 언어화하여, 오히려 듣는 이의 입에서 "무슨 소리야, 귀여운데"와 같은 말을 끄집어내기 위한 방법이었다. 그렇다고 해서 철저한 계산을 했던 것은 아니다. 오빠에게는 그것이 자연스러웠을 것이다. 그냥 그런 식의 유도가 기본 사양인 사람이었다.

오빠는 이러한 성향 때문에 자신이 무슨 짓을 했는지도 모르고 아무렇지도 않게 지나쳐버리기도 했다. 그 탓에 뒤에 남은 사람의 기분이 묘하게 상하는 상황도 있었는데 대개 희생자는 나였다.

예컨대 하나밖에 남지 않은 사과를 보면서 "나는 감기에 걸렸지만 너는 동생이니까, 네가 먹어"와 같은 말을 굳이 입 밖으로 내어 부모가 결국 오빠의 손에 사과를 들려주는 상황 같은 것 말이다. 차라리 이것저것 재고 셈한 바람에 일이 벌어진다면 제대로 따질 수나 있을 것이다. 하지만 별생각 없이 한 일을 꼼꼼히 따지고 들기에는 어쩐지 내 속이 너무 좁은 것 같아 자기 검열을 하게 된다. 그런 일들로 나는 가슴속에 불똥이 튀는 것을 어찌할 바 모르고 입을 꾹 닫는 순간이 숱했다. 나를 소심한 사람이라고 욕해도 상관 없다. 하지만 분명 직접 겪게 된다면 쉬운 판단으로 나를 향해 손가락에 힘을 줄 순 없을 것이다.

특히 내가 오에게 간을 준 것은 오빠가 "내가 검사를 했는데 만약 수술이 되지 않는다면" 같은 말을 지껄였기 때문이다. 그 순간 내 입에서 "그렇다면 나도 검사를 받아볼게"라는 말이 나왔다. 그때는 검사를 받는 것이 곧 수술에 대한 동의나 다름없다는 사실을 미처 깨닫지 못했다. 오빠의 간은 술에 절어 있는 것과 다름없다는 진단을 받았다. 반면에 나의 간은? 빌어먹게 건강했다. 그래서 결국 합리적인 판단으로 내 간을 오에게 주기로 결정되었다.

2

나는 요즘 팬티를 훔치고 있다. 한 달쯤 되었으려나. 당연히 완전히 합리적인 이유에서 시작했다. 내 팬티를 도둑맞았기 때문이다. 이곳은 고시원이어서 공용 세탁기를 사용한다. 어느 날, 내가 세탁기에서 세탁물을 꺼내면서 팬티를 세어봤더니 팬티 하나가 사라지고 없었다.

나는 며칠간 다른 사람의 엉덩이나 음부를 쳐다보면서 내 팬티가 어울릴 만한 사람을 찾았다. 그렇다고 초면에 다짜고짜 하의를 벗어 팬티 좀 보여 달라고 할 수는 없는 일이다.

팬티 도둑은 훔쳐 간 나의 팬티를 입고 나를 볼 때마다 얼마나 우월감을 느낄까? 그 생각을 하면 나는 참을 수 없다. 결국 나도 남의 팬티를 훔치기로 했다. 팬티를 누가 훔쳤는지 알 수 없으니 그냥 모든 사람의 팬티를 다 훔치기로 마음먹었다.

특히 나는 없어진 내 팬티와 비슷한 크기나 디테일을 꼼꼼히 따져 정성을 다해 훔쳤다. 더 웃긴 것은 어느 순간 내 팬티들도 하나씩 없어져서, 내 팬티라고 부를 만한 팬티조차 모두 다른 사람의 팬티라는 것이었다.

애초에 팬티 도둑은 내 팬티를 도대체 왜 훔쳐 간 걸까? 그 사람은 입을 팬티가 없었나? 하나도? 어쩌면 '훔친 팬티'라는 것 자체에 매력을 느낄 수도 있겠다. 뭐, 취향은 이해의 영역이 아니지.

- 2

취향이라는 것은 의외로 환경이나 신체 조건을 많이 타

는 것이다. 오는 바깥세상에서 오래 머무를 수 없었다. 그나마 실내에서 선택할 수 있는 것에서 취향을 찾은 것이 책이나 음악, 영화, 연주였다. 그중에서 가장 좋아하는 것은 책이었다.

오는 여우 같게도 책이 가지고 있는, 그 어느 것도 감히 뛰어넘을 수 없는, '경험'의 가성비가 엄청나다는 것을 본능적으로 알았다. 내가 그렇게 지내보니 알겠다. 심해에서 살아야만 깨닫게 되는 것들도 있으니까. 때로 취향이란 거세된 욕망이기도 할 테니까.

나의 삶은 오의 삶과 별개로 생각할 수 없다. 나는 다소 냉소적이고 논리적이며 합리적으로 사고하는 사람이지만 오에게만큼은 따뜻하게 굴려고 노력했다. 내 탓이 아닌데도 오를 보면 이유 모를 죄책감이 돋아나기 때문이었다. 외부에서 함부로 묻혀 오는 옷의 냉기 같은 것들이랄까.

오의 간이 건강하지 못한 것은 새언니 쪽의 유전이었다. 그래서 오는 밖에서 오래 활동하는 것이 힘들었다. 오가 아기였을 때 나는 하교를 하면 잘 때까지 오를 돌봤다. 나의 나이가 두 자리수를 넘지 않았을 때라 아무것도 몰라서 할 수 있었는지도 모른다. 오히려 지금의 나에게 그런 일이 주어지면 절대로 못할 것이다. 정말 단 하루도 못한

팬티 도둑이 뭐가 나빠

다. 일단은 간이 너무 아프다.

　오는 배가 고프면 찡얼대며 가슴으로 파고들었다. 그때의 오를 떠올릴 때마다 나는 앞섶을 더듬게 된다. 속옷을 하지 않아 허리를 숙이면 훤히 보이던 새언니의 유방이나, 유두 부분만 진하게 젖어 있는 티셔츠 같은 것들도 머릿속에 두서없이 떠오른다.

　오가 찡얼댈 때마다 나는 집 나간 새언니가 남겨놓은 수유팩을 적당히 데워서 오에게 먹였다. 오는 혀로 젖병을 마구 밀어냈고 나는 마구 밀어 넣었다. 그때 새끼손가락을 입에 물리면 그 애는 맹렬하게 빨아댔다. 우는 소리가 듣기 싫을 땐 그렇게 했다. 내가 울기 싫을 때도 그렇게 했다. 점막의 압박감은 사람을 편안하게 하는 구석이 있다.

　오가 초등학교에 입학했을 때, 오빠는 안심한 듯 보였다. 그 아이를 돌봐야 하는 절대적인 시간이 줄어서 그랬을 것이다. 그러나 오는 초등학교를 조금 다니다가 말았다. 그애에게는 등교를 위한 일련의 과정과 학교생활에서 견뎌야 하는 것들이 벅찼다. 나는 오와 함께 등교했는데 오의 체력 때문에 지각하는 일이 부지기수였다. 그 애의 얼굴은 아침 햇빛에 더욱 노랗게 보였다.

　오는 결국 홈스쿨링을 하기로 했다. 오빠가 집에서 이

것저것을 가르쳤다. 그러나 오는 그것으로 만족하지 않았
다. 그래서 오는 내가 학교에서 돌아오기를 기다렸다가 책
에는 나오지 않는 것만 골라서 묻곤 했다.

징그러운 것.

3

정말 이상한 일은 여기서부터다. 나는 팬티를 훔치는
한 달 간 공용 세탁기를 이용한 적이 한번도 없다. 그런데
내 팬티 도둑은 어떻게 내 팬티를 훔쳐 간 걸까? 물론 마
음만 먹으면 쉽게 팬티를 훔칠 수 있는 환경이라는 사실은
알고 있다. 그래서 다른 사람들을 합리적으로 의심 중이지
않은가?

소유라는 것은 오묘해서 지금 당장 버려도 이상하지 않
은 것도 남이 쉽게 훔쳐 갈 수 있는 환경에 놓여 있다고 생
각하면 불안해서 참을 수 없다. 비록 그것이 나에게 제대
로 기능하지 않는 것이라 해도 말이다.

내 팬티 도둑은 나와 같은 방법을 쓰지 않는 것이 틀림
없다. 당연히 내 팬티가 자기 혼자 외출할 수 있는 매직팬
티는 아니니, 팬티 도둑은 내 방에 들어와 훔칠 수밖에 없
다. 하지만 나는 방을 비우는 일도 거의 없다. 도대체 어느

팬티 도둑이 뭐가 나빠

틈에 내 팬티를 훔쳐 간 걸까?

이상한 일은 이것만이 아니다.

오늘은 여느 때와 마찬가지로 오후 늦게 일어나 컴퓨터를 켰다. 새로 들을 만한 음악을 찾아보려는데, 크롬 창에 '프록시 서버가 응답하지 않습니다'라는 문구가 떴다. 컴퓨터를 껐다 켜도 마찬가지였다. 핸드폰의 와이파이도 잡히지 않았다. 나는 이 방에서 밥 먹고 음악 듣는 일밖에 하지 않기 때문에 그야말로 패닉이었다. 나는 곧바로 고시원 관리자에게 알리려고 마음먹었다. 그와 동시에… 내가 새벽에 포르노 사이트에 접속했던 것이 떠올랐다. 또 그런 종류의 사이트 중 어떤 것은 인터넷 접속을 막는 바이러스를 뿌린다는 것도 기억이 났다.

…퍼킹 클리토리스!

만약 지금 당장 고시원 관리자에게 전화를 해서 이러저러하다고 이야기를 하면, 고시원 관리자는 고시원장에게 알릴 것이고, 고시원장은 인터넷 업체에 고장 신고를 할 것이다. 접수를 받은 출장 기사는 고시원으로 출동하여 불통의 원인을 추적한 끝에 정확히 205호, 즉 내 방에서 접속한 사실을 알게 될 것이다.

하지만 비 맞은 생쥐 꼴로 떨고 있는 나를 보고 안쓰러운 마음에, 그는 내 방과 206호 사이의 복도에 서서 말할 것이다.

"이건… 아주… 음란한… 사이트에 누군가가 접속했기 때문입니다. 이 부근…에서 접속했어요."

그 말을 들은 관리자는 곧장 《변기에 화장지를 넣으면 물 내림이 원활하지 않습니다. 오래된 배관 부군이 막히니, 주의하십시오》와 같은 공지를 쓴 것처럼, 《음란사이트 접속으로 인해 인터넷이 원활하지 않습니다. 205호와 206호 부군으로 추정되니 주의하십시오》와 같은 공지를 복도와 공용 화장실에 붙여놓을 것이다.

나는 치욕스러울 것이고, 한편으로 '원할'과 '부군'이라고 잘못 쓴 단어에 죽도록 신경이 쓰여 새벽에 글자를 고치기로 마음먹을 것이다. 물론 한 번에 고치면 뭔가 야박한 느낌이 드니까 며칠에 걸쳐 티나지 않게 고칠 것이다.

그런데 만약 나 말고도 그 시간에 포르노 사이트에 접속한 사람을 찾아낸다면 어떨까? '음란의 연대자'를 발견한 것만으로 공지를 읽을 때마다 내가 받은 수치심이 그만큼 덜어지지 않을까? 그와 함께 글자를 고칠 수도 있겠다고 생각하니, 내가 할 일까지 줄어들 것이라는 계산이 섰다. 나는 고시원 관리자에게 전화하기 전에, 나와 같은 시

팬티 도둑이 뭐가 나빠

간대에 포르노 사이트에 접속한 사람을 찾아보기로 했다.

퍼킹 클리토리스!

하지만 이것은 내가 우주에서 제일 사랑하는 것이다. 이것이 나를 이런 짓까지 하게 만들었으니까.

나는 차분히 앉아 입안의 연한 부분을 혀로 훑는다. 그러고 보니, 내 방 맞은편에 사는 206호가 의심스럽다. 이 고시원의 모든 방문 위에는 유리창이 하나 있다. 206호는 늘 12시가 되기 전에 불을 끈다. 나는 206호가 대개 자정쯤 잔다는 것을 합리적으로 추론하고 있다. 그러나 전날에는 새벽 4시까지 불이 켜져 있었다. 늦은 새벽까지 무엇을 했을까? 나는 당장 206호의 방문을 두드리고 싶지만, 일단 메모장 앱을 열고 할 말을 정리한다.

1. 인터넷이 되는지? 1-1. 된다고 하면 오직 내 기기만의 문제로서 조금 더 연구할 필요가 있고 1-2. 안 된다고 한다면 언제부터 안 됐는지 물어본 후, 2. 어제 포르노 사이트에 들어간 사실이 있는지 물어서 2-1. 그렇다고 하면 나와 함께 관리자에게 신고할 용의가 있는지 파악하고 2-2. 그렇지 않다고 말한다면 약간 화난 얼굴로 마무리 인사를 한다.

나는 이 내용을 '음란사이트접속용의자색출시뮬레이션(1)'이라는 파일명으로 저장한다. 사실 이것은 조카와 대화를 나누면서 생긴 습관이다.

- 3

오는 아주 어렸을 때부터 책을 많이 읽어온 까닭에 아주 어른스러운 면모가 있었다. 또 그런 면을 사람들에게 언제 꺼내 보여야 하는지도 잘 알고 있었다.

한번은 내가 어떤 남자아이에게서 편지를 받은 적이 있다. 나는 그것을 읽고 어찌할 바를 몰랐다. 설레서 그런 것이 아니라 이후의 진행을 어찌해야 하는지 몰랐기 때문이다. 나는 그 편지를 오에게 보여주었다. 오는 1초의 망설임도 없이 나에게 종이와 펜을 가져다 달라고 하고는 당장에 답장을 써내려갔다. 내용은 유치했고 순 엉터리였지만 나는 그것을 그대로 답장으로 보냈다.

내가 첫 키스를 한 날, 그 아이는 이상한 웃음을 띠며 다가와 오늘은 무슨 일이 있었느냐고 물었다. 집 밖에 나갈 수 없어 한정된 경험, 그것도 가상의, 가공된 경험에만 노출되어 있는 그 애는 내게 있었던 일을 말 그대로 하나도 놓치지 않으려고 했다. 아마도 책이나 영화, 음악에서

팬티 도둑이 뭐가 나빠

보다 생생한 증언을 획득할 수 있었기 때문일 것이다.

그래서인지 오는 내가 집으로 돌아오면 늘 곁에 붙어서 떨어지지 않았다. 마치 내게 묻어 있는 바깥세계의 재료들을 모두 흡수하려는 듯 캐물었다. 나는 그 모습이 가엾고 안 되어서 할 수 있는 한 자세히 모든 일을 설명하고는 했다. 그 과정에서 내가 보지 못하거나, 듣지 못하거나, 심지어 느끼지 못한 것들은 내 멋대로 덧붙이기도 했다.

그 애는 그럴 때마다 꿈을 꾸듯 눈을 감고 들었다. 궁금한 점이 생기면 단순히 질문하는 것을 넘어 자신이 바라는 방향으로 되물었다.

"그 남자애의 머리카락에선 린든라벤더 향이 났지?"

나는 린든라벤더 향이 뭔지도 모르지만 대꾸했다.

"응, 린든라벤더 향."

나는 오에게 미안함과 뿌듯함을 동시에 느꼈지만, 그 애를 더욱 잘 기만하기 위해 대본을 마음속으로 짜서 귀가하기도 했다. 사실 대본대로 흘러가는 경우는 드물었다. 하지만 자칫 손쓸 수 없이 아무렇게 뻗어가버리는 이야기들은 어느 정도 조절할 수는 있었다.

자신이 바라는 방향으로 이야기를 만들고 싶어하는 그 애의 마음을 알 수 있던 일은 그것말고도 꽤 있다. 나는 가끔 학교에서 찍은 단체 사진을 받아 오면 그것을 보여주고 아이들의 면면을 자세히 설명해주곤 했다. 오는 그런 것을 좋아했다. 자신의 상상 너머에서 실재하는 인격들을 발견하는 것 말이다. 그럴 때 보통 가만히 듣거나 예의 그런 질문들을 했다.

그날은 돌연 내 말허리를 끊고 어떤 남자애를 손으로 짚은 후 물었다.

"이 사람 누구야?"

그 애는 장난기 가득한 얼굴로 웃고 있었다. 시선은 자신의 앞에 있는 여자아이를 향하고 있었고, 그 여자아이는 인상을 쓰고 있었다.

"이름은 정현이야. 공부는 좀 못하고, 장난이 심하고, 뭐 그냥 그런 남자애야."

오는 그날 이후부터 내가 하교하면 오늘 정현과 아무 일도 없었느냐고 묻기 시작했다. 나는 전혀 아무 일도 없었지만 있을 만한 일을 아무렇게나 지어 말했다. 그 애가 원하는 대로 이야기하다보니 나와 정현은 어느새 사귀는 사이가 되어 있었다.

나는 오가 정말 나와 정현이 사귀는 것처럼 느끼게 하고 싶어, 하굣길에 정현과 사귄다면 나누었을 법한 대화의

팬티 도둑이 뭐가 나빠

대본을 짜곤 했다.

4

이제 말 걸 준비가 되었다. 메모장의 내용을 다시 한 번 읽어본 후, 나는 방 밖으로 나간다. 206호의 문을 두드린다. 아무 반응이 없다. 그러나 206호는 방 안에 무조건 있다. 그럴 시간이기 때문이다. 나는 다시 문을 두드린다. 대답 없이 문이 열린다. 206호와 마주보는 것은 처음이다. 생각보다 206호가 더 가까이 서 있어서 놀랐다. 나는 한 걸음 물러섰다. 여기서 다시 또 한 걸음 물러서면 내 방 안이다.

내가 아무 말도 하지 않았는데, 206호는 미간을 구기며 코를 만진다. 갑자기 오른쪽 배가 당겨지는 느낌이 든다. 206호는 계속 코를 만지며 나를 바라본다. 나는 오른쪽 이어폰을 빼면서 말한다.

"저기, 저는 205호인데요. 물어볼 게 있….."

내 말이 끝나기도 전에 206호는 갑자기 코 밑에 검지손가락을 바짝 갖다 댄다. 왜 빨리 눈치 채지 못했을까. 206호는 내게서 어떤 냄새를 맡고는 그것을 조롱하고 있다. 나는 불쾌함을 표현하지 않으려 애쓰며 말한다.

"아, 그러니까 인터넷이 안 돼서."

206호는 대답 없이 한쪽으로 고개를 갸웃거린다. '어쩌라고'의 현신. 손가락은 여전히 콧구멍 아래에 바짝 붙이고 있다.

나는 206호의 문 안쪽으로 고개를 들이밀어 책상 위를 살핀다. 컴퓨터도 TV도 없다. 206호는 '흠흠' 하는 소리를 내며 내 시선을 가로막는다. 모든 것을 다 걸고 정말 그러고 싶지 않았지만, 방 안이 너무 궁금해서 고개가 필사적으로 움직인다. 왜 내 방문만 열면 엄마가 고개를 그렇게 했는지 알게 됐다. 정말 싫은 일이다.

"저기, 인터넷 돼요?"

나는 그 싫은 일을 계속하면서 206호에게 말한다.

"아니, 맨날 배달시켜 먹는 거 같던데, 핸드폰은 어디 있어요?"

206호는 두 눈알을 위로 희번득하게 뜨고, 진짜 말도 안 된다는 듯이 어깨를 크게 올렸다가 내리며 이상한 소리를 낸다.

핸드폰 이야기를 꺼내자 극도로 예민한 모습을 보인다. 핸드폰으로 포르노를 보지 않았다면 핸드폰이라는 말에 저렇게 발작할 일이 있을까? 분명 핸드폰으로 본 것이다.

팬티 도둑이 뭐가 나빠

나는 내 추론이 맘에 든다.

"아, 그럼, 그거 접속을 핸드폰으로 했구나."

나는 짐짓 혼잣말하듯, 무엇에 대한 것인지 의도적으로 생략하고 말했다. 206호는 나를 이상한 사람 보듯 쳐다보다가 문을 쾅 닫는다. 더 이상 빠져나갈 구멍이 없는 모양이다. 범인들은 이런 식으로 증거를 외면하고 용의선상에서 벗어나려 한다. 하지만 이런 행동은 오히려 자신의 범행을 폭로할 뿐이다.

나는 뒤돌아 생각한다.

사람의 말을 이런 식으로 무시하면 안 되는 거다. 방 안을 두리번거린 게 이젠 전혀 미안하지 않다. 오히려 사과받아야 하는 사람은 나다. 어쩌면 내가 접속한 포르노 사이트는 문제가 없고 네가 들어간 곳이 문제일 가능성도 있다. 그 문 뒤에서 영원히 숨어 살 순 없다. 특히 그 공간이 영원히 네 방이려면 너도 영원히 대가를 치러야 한다. 네가 가진 무엇이든 완전히 네 것이라는 생각은 착각이다. 실상 아무것도 없다. 그리고 내가 요새 샤워를 못하긴 했지만 그렇다고 코를 막으면서까지 조롱할 필요는 없다.

어제 새벽에 206호만 깨어 있었을까? 아닐걸. 나는 207호와 208호와 209호, 210호의 문을 두 번씩 두드린다. 모두 인기척이 없지만 206호와 달리 다시 노크하지 않은 이유는, 이들이 어떤 생활 루틴을 가지고 있는지 제대로 알지 못했기 때문이다.

물이 어떻게 흐르는지 모르고서 찌를 던질 수는 없다. 그건 합리적이지 못하다. 나는 복도가 교차하는 곳의 벽에 기대 가만히 바닥을 바라본다. 비상구 조명 특유의 초록빛 때문에 바닥은 평소의 모습이 아니다. 우리집에 있던 수족관 바닥 같다.

−4

오가 물고기를 좋아해서 여러 번 금붕어를 키웠다. 그것들이 배를 뒤집고 수면 위로 떠오를 때마다 오는, 이제 앞으로는 정말 잘 돌보고, 진짜 잘 기를 거라고 했다. 먹이 시간에 맞추어 먹이를 줄 것이고, 매주 물을 갈아줄 것이며, 어항 청소도 잘 해주겠다고 했다.

그러나 늘 어항은 빠르게 이끼가 끼었고 금붕어는 떠올랐다. 나는 하얀 배를 뒤집은 금붕어를 건져내며 오 대신 사과했다. 이건 그 애의 진심은 아니야. 나는 정말 결과만이 진심이라고 생각하지 않았다.

오와 나는 식물도 하나씩 키웠다. 우리는 약속했다. 기

팬티 도둑이 뭐가 나빠

본적으로 각자 물을 주되, 만약 화분의 흙을 들여다보고 상대방이 물 주는 것을 까먹은 것 같다면, 모두에 물을 주어 시들지 않게 하자고 했다. 그 애는 눈을 반짝이며 말했다.

"당연하지."

느낌표가 문장 뒤에 열 개쯤 박혀 있는 '당연하지'였다. 나는 그 애가 자신의 화분에 물을 주지 않았을 때 두 개의 화분 모두에 물을 주어 시들지 않게 했다. 하지만 내가 며칠 물 주는 것을 게을리 하자 내 화분의 꽃만 시들었다. 오의 화분의 흙은 언제나 알맞게 축축했다. 오는 약속을 지키지 않은 것이다. 그러나 약속이 지켜지지 않았다고 해서 진심이 아닌 것은 아니다. 어떤 진심은 쉽게 깨질 뿐이다. 나는 그때부터 분명히 알고 있었다.

나와 그 애의 세계에서만 정현이 나의 애인인 어느 날, 내가 학교를 마치고 집에 오자 그 애는 이상한 웃음을 띠며 다가왔다. 오늘은 무슨 일이 있었냐고 물었다. 나는 정현이 나를 집 앞까지 데려다주었다고 거짓말을 했다. 그랬더니 난데없이 되물었다.

"오늘 무슨 일 있던 거지?"

나는 흥을 깨기 싫어 그렇다고 말하고 그 애의 대답을

기다렸다.

"키스했지? 어땠어?"

그 애의 눈이 건강한 사람의 눈빛으로 잠깐 번뜩였다. 나는 다른 사람의 입술이 내 입술에 닿는 것을 상상해봤다. 제대로 되지 않았다. 생각하는 척하며 위아래 입술을 안쪽으로 말아 혀로 핥아보았지만 이런 것은 아닐 것이라는 생각이 들었다. 그 애는 채근했다. 나는 그냥 따뜻하고 엄청 축축했다고 말했다. 강아지가 내 입술을 핥을 때를 상상했다.

그 애는 어디서 그런 짓을 하고 왔냐고 물었다. 나는 집 앞 버스 정류장이라고 말했다. 그곳은 집으로 들어가기 바로 직전에 먹다 남은 찹쌀떡을 버린 곳이었다. 그 애는 겉옷을 걸치고 있었다. 집 밖을 나갈 일이 없기 때문에 그 옷은 내 옷이었다.

"나가보자. 버스 정류장이라면 코앞이잖아."

나는 다급하게 오의 어깨를 눌러 앉히려고 했으나 이미 마음먹은 그 애를 막을 수는 없었다.

버스 정류장에는 내가 집에 들어가기 전에 버린 찹쌀떡 두 개가 나뒹굴고 있었다. 그 애가 말했다.

"그곳에 서봐."

팬티 도둑이 뭐가 나빠

나는 이 외출을 빨리 끝내기 위해서 '그곳'에 서야 했다. 내 생각에 키스 같은 일은 구석이 감당해야 하는 것이었다. 나는 정류장 간이 칸막이의 구석에 가서 섰다.

"확실히 여기야?"

"응, 확실히 여기야."

나는 또렷하게 기억한다는 듯 말했다. 오는 나를 밀치고는 그 자리에 섰다.

"정현은 어디에 섰는데?"

나는 적당히 그 애 앞에 섰다. 그렇게 서서 보니 신호등이 하나 보였다. 빨간 불이었다. 그 애는 내게 입을 맞췄다. 처음 듣는 새의 울음소리가 들렸다. 통통한 겨울나무의 눈이 보였다. 나는 늘 살고 싶다는 이유로 그렇게 견디고 있는 것이 징그럽다고 생각했다.

나는 눈 한번 감지 않고 그것을 보며 오와 입을 맞춘 채로 그 자리에 서 있었다. 어디서부터 출발한 것인지는 모르지만 외면할 수 없는 것들이 있다. 그리고 어떤 진심은 쉽게 깨진다.

5

나는 오와 처음으로 입을 맞춘 날처럼 가만히 서 있다.

탁한 초록빛 조명 탓에 내 실내화가 조금은 덜 낡아 보인다. 이곳은 실내화를 신는 것이 의무다. 지금 방에 사람이 있는지 아닌지를 확인하려면, 신발장에 실내화가 들어 있지 않은 호실을 확인하면 된다. 나는 신발장으로 간다.

이 층에는 205호부터 210호까지 존재한다. 207호, 208호, 209호, 210호의 신발장에는 실내화가 들어 있다. 나는 신발장 안에 실내화가 없는 호수를 확인한 후, 찾아가서 문을 두드린다.

말씀하세요.

놀랍게도 여자는 기다렸다는 듯이 대답한다. 그러나 문을 열지 않고 말했기 때문에 나는 최대한 문 가까이에 설 수밖에 없었다.

"정말 죄송하지만, 여쭤볼 것이 있어요."

무엇을요?

"인터넷이 안 돼서요."

그런데요?

나는 두 손을 가슴 앞으로 모아 깍지를 꼈다.

"언제부터 그랬는지 궁금해서요."

저도 아침부터 안 되던데, 관리자한테 연락해보시겠어요?

팬티 도둑이 뭐가 나빠

말이 좀 통하는 여자다. 다음 질문으로 넘어간다.

"근데 혹시… 좀… 이상한 사이트 들어가셨나요?"

나는 여자의 민망함을 덜어주기 위해 조금 소리를 줄여 묻는다.

야동 사이트요?

내 조심성이 무색하게도 여자는 아무렇지도 않은 목소리로 대답한다. 이제 나도 완전히 부담이 없다.

"혹시 어제 새벽 4시에 들어가셨나 해서요."

뭐 잘못됐나요?

"성욕이 죄라는 건 아닌데요. 인터넷이 연결이 되지 않도록 만들었다면 이야기가 다르죠."

나는 여자가 시뮬레이션에서 벗어난 질문을 해서 짜증이 난다.

어떻게 다른데요?

여자의 말투는 시비와는 거리가 있다.

"그러니까, 언뜻 봤을 때 원인 그 자체로는 문제가 없지만 결과가 병신일 때도 있잖아요."

나는 불만스럽게 말한다.

어떻게요?

"예를 들어서 나는 도마뱀이에요."

꼬리가 긴가요?

"꼬리가 길어요."

그 말을 따라하자, 어쩐지 마음이 누그러진다. 그 여자의 방문은 오래되어 도색이 벗겨져 있다. 나는 벗겨진 도색을 손톱으로 집어 잡고 여자가 대답하기 전에 이어서 말한다.

"나는 꼬리가 없어져도 다시 자라난다는 것을 깨달았어요. 그래서 나는 당신에게 내 꼬리를 한번 잘라줬지요."

그래서요?

나는 조금 뜯어진 페인트 도색을 세로로 쭉 뜯으며 대답한다. 도색 전의 문 색이 보인다.

"당신은 그것으로 나무 타기도 하고, 균형 잡기에 사용하기도 하고, 하여간 내가 좋아했던 여러 가지를 하면서 영원히 즐거워하죠."

그런데요?

나는 이미 뜯어낸 도색 부분과 교차되도록, 도색된 부분을 가로로 뜯으며 말한다.

"다시 1년이 지났는데, 꼬리가 생기지 않아요."

여자는 처음으로 대답을 하지 않는다. 뜯어낸 도색 부분을 바라보다 나는 갑자기 생각났다는 듯이 말한다.

팬티 도둑이 뭐가 나빠

"그건 나를 100퍼센트로 만드는 것이었다고요."

말이 끝나기 무섭게 문이 벌컥 열린다. 나는 거의 코가 뭉개질 정도로 문틈에 붙어 있었기 때문에, 앞으로 넘어질 뻔한다. 동시에 어쩐지 왼쪽 귓구멍이 갑자기 상쾌해졌다. 마침 눈을 찌푸리게 만들 만큼 심한 비린내가, 옷장을 열었을 때 아무렇게나 잔뜩 쑤셔 넣은 옷들이 쏟아지는 것처럼, 열린 문 사이로 몰려나온다. 조금 이상하지만, 말하자면 기체라기보다 고체에 가까운 냄새다. 나는 한 걸음 물러선다.

그래서 원하는 게 뭐예요?

여자는 오른쪽 허리에 손을 얹고 왼쪽 다리에 힘을 싣고 서 있다. 나는 말한다.

"그러니까 간단한데, 인터넷이 제대로 됐으면 해요."

여자는 웃는다.

근데 그게 제 잘못이에요?

여자는 문을 천천히 닫는다. 마지막 말에 나는 숨이 막힌다. 정말 혐오스럽고 슬프다. 뒤를 돌아보니 206호에는 불이 꺼져 있다. 저녁 10시가 채 되지 않았다. 내가 조금 전 206호에 노크를 하지 않았다면 불은 다른 날처럼 켜져 있을 것이다. 나는 오른쪽 배에 오른쪽 손을 가져다 댄다.

여태 내가 만난 사람들은 모두 예의가 없었다. 어떻게 하나같을까? 그들은 마치 먼저 말을 거는 것을 권력의 상실을 의미하고, 말을 받아주는 것은 권력의 획득을 의미하는 것처럼 행동한다. 말을 거는 행위가 외로움이라는 개념 아래에 있을 수 있음은 인정한다. 그렇다고 모든 외로운 사람이 말을 거는 건 아니다. 말을 걸어서 더욱 외로워진다는 걸 아는 사람은 그렇게 하지 않으니까.

나는 너희들과 절대로 친밀해지고 싶지 않아. 인터넷만 잘됐어도 너희와 말 섞는 일은 없었을 것이다. 만약 똥을 먹는 일과 너희와 어울리는 일 중에 하나만 골라야 한다면 나는 기꺼이 똥을 먹겠다. 전날 엄청나게 과음한 사람의 것이라도 괜찮다. 너희가 다시 내게 개차반처럼 굴어도 나는 오히려 우아하게 받아들일 것이다.

하지만 내가 너희와 이 어두운 초록색 밤을 이곳에서 지새운다고 해서 영원히 이런 날이 계속될 거라고 생각하지 마라. 진주도 발견되기 전에는 고작 껍데기 같은 것들과 함께 있으니까. 사실 진주의 입장에서 껍데기들과 함께하는 나날이 더 외로운 거야.

나는 이런 것들을 육성으로 마구 내뱉고 싶었지만 꾹 참는다. 다시 뒤돌아 내 방 책상에 앉아 노트북 전원을 누

팬티 도둑이 뭐가 나빠

르고 크롬 창을 연다.

'프록시 서버가 응답하지 않습니다.'

− 5

인터넷이 되지 않을 때 오도 이런 기분이었을까. 이렇게 인터넷 연결이 되지 않으면 그 애는 내가 책을 읽어주길 바랐다. 읽는 책이나 읽어야 하는 부분, 말하는 톤이나 빠르기까지 모두 오가 선택했다.

나도 그 애의 마음에 들게 읽는 것이 좋았다. 애초에 그 애의 만족을 위해 하는 일이다. 대개 선정적인 부분이었고 마음에 드는 부분은 여러 번 읽도록 했다. 특히 파열음으로 구성된 단어를 예민하게 들었다. '커서' '아파' '침' 같은 단어들 말이다. 입속에서 바람이 터지는 부분을 섬세히 발음해달라고 부탁했다. 혀뿌리와 목청을 맞닿게 하고 아래턱을 천천히 벌리며 공기를 빼내는 소리, 양 입술을 힘있게 붙였다가 조금씩 벌리면서 입안에 저장해놓은 공기를 한 번에 내보내는 소리, 윗 잇몸에 혀끝을 붙였다 떼면서 바람을 내쉬는 소리로 방 안은 따뜻했다. 나는 눈을 감고 나의 발음만을 집중하여 듣고 있는 그 옆모습이 떠오른다. 마음이 아프다. 몇 번이고 인터넷을 단선시킬 수 있었는데…. 나는 웅크리고 누워 조금 운다.

6

열한 시간을 자고 일어났지만 인터넷은 되지 않는다. 나는 손가락 세 개를 가지런히 모아 허벅지 위에 놓고 지그시 눌렀다가 놓는다. 누르면서 숨을 들이마시고 놓으면서 뱉으며, 서서히 부풀어 오르는 해삼 같은 것을 떠올린다. 척추에서부터 꼬리뼈까지 운집한 무언가가 바짝 당겨지는 느낌에 발에 힘을 주고 배를 감싸 안는다.

오래전이지만, 실제로 발생한 일임에도 완전히 무시되고, 마치 아무런 일도 일어나지 않은 것처럼 여기게 되는 무심함에 대해 생각한다.

이제 나의 가련한 눈빛을 무시한 채, "이것은 100퍼센트, 음란한 205호의 짓입니다"라고 인터넷 수리 기사가 말해도 어쩔 수 없다. 완벽히 관리자에게 전화를 걸 준비가 되었다. 다만 그전에, 지코의 노래를 세 번 정도 연달아 듣고 싶다. 그런데 이어폰이 보이지 않는다.

−6

그건 보통의 이어폰이 아니다. 물론 값을 치르면 살 수

팬티 도둑이 뭐가 나빠

있다. 다만 아주 소중한 사연이 '그 이어폰'의 한 부분을 차지하기 때문에 같은 성능의 이어폰 100개와도 1,000개와도 교환할 수 없다. 그 물건은 오의 것이다.

그 애는 2년 전 스무 살이 되었다. 오에게 생일선물로 무엇을 갖고 싶냐고 물었다. 나는 오가 너무 가지고 싶어했던 것을 선물했다. 최신형 하이엔드 이어폰이었다. '최신형'과 '하이엔드'라는 단어에서 예상할 수 있듯, 사실 그 이어폰은 생활에 미치는 편리함에 비해 터무니없는 가격이었다. 하지만 몸이 아파 영화 감상이나 음악 듣기 따위를 취미로 삼고 있는 그 애가 기뻐할 만한 일을 하나라도 더 만들 수 있다면 그것으로 만족했다. 나는 그 애에게 기쁘게 선물할 수 있었고, 그만큼 그 애도 기뻐했다.

그때 오빠는 이렇게 받기만 할 순 없다며 네 생일에는 더 좋은 것으로 선물하겠다고 장담했다. 누가 시키지도 않은 일이다. 그러나 당연히 내 생일에는 아무 일도 일어나지 않았다. 물론 그때는 검사다 수술이다, 모두 정신이 없었다. 사실 '그때 알았어야 하는데'라고 가끔 생각하지만 그랬어도 어쩔 수 없었을 것이다. 알고 있다고 하더라도 어쩔 수 없는 일은 흔하기 때문이다.

이제 그 물건은 나에게 있다. 선물로 준 후 1년이 채 되지 않았을 때 내가 훔쳤다. 오가 이어폰을 찾기 위해 온 집 안을 뒤질 때 나는 웃음을 참느라 혼났다. 그러나 생각보다 이어폰 찾기를 쉽게 포기해서 김이 빠졌다. 오는 음악을 듣는 것 말고도 할 일이 많아진 것이다.

7

문제는 인터넷이 아니다. 나는 방을 뒤지기 시작한다. 책상 위, 베개 아래까지 더듬고 나니, 더 이상 찾아볼 곳이 없었다. 더 이상 방을 뒤진다는 표현은 사치다. 곧 나는 복도로 나간다. 떨어져 있는 것은 아무것도 없다. 복도를 따라 공용 화장실 및 세안실 및 샤워실 및 세탁실로 간다. 하지만 오늘 이곳에 이어폰을 끼고 온 적이 없었기 때문에 이곳에 있을 확률은 더욱 없다. 그래도 나는 화장실과 샤워실의 문을 열고 닫는다. 세탁기들의 뚜껑을 열어 안쪽까지 모조리 살펴본다. 그때 마침 돌아가고 있는 세탁기가 하나 있다. 탈수 시간이 3분 남았으므로 절망의 순간까지는 3분의 시간이 있는 셈이다.

멍하게 세탁기 앞에 서서, 마지막으로 이어폰을 끼고 있던 때를 떠올려본다. 분명히 206호에게 질문을 했을 때는 왼쪽 귀에 끼워져 있었다. 오른쪽 이어폰은 사람들의

팬티 도둑이 뭐가 나빠

목소리를 잘 듣기 위해 **빼놓고** 있었다.

그런데 두 번째 여자를 만나고 방으로 돌아왔을 때, 다른 한 쪽을 빼낸 기억이 없다. 갑자기 그 여자에게 거의 머리를 부딪힐 뻔한 것이 생각난다. 사람을 혼미하게 만든 냄새 때문에 잊고 있던, 갑자기 상쾌해진 왼쪽 귀의 감각이 떠오른다. 분명히 그 여자와 이야기했을 때 이어폰이 어떻게든 떨어졌을 것이다. 그러니 이어폰의 행방은 그 여자가 알고 있을 것이다.

나는 그 여자의 방으로 찾아간다. 방문 앞은 마치 전날 아무런 일이 없었던 것처럼 완벽해 보인다. 그러니까, 그 대화는 나나 그 여자가 발설하기 전까지는 없는 일이나 마찬가지라는 걸 깨닫는다. 내 삶의 거의 대부분의 일이 바로 그런 종류의 일에 해당한다는 생각을 한다. 그것은 상당히 잔인하고, 또 편리한 일이다.

나는 그 문 앞에 서서 내 삶의 처음부터 끝을 다시 30년 동안 모조리 읊어대고 싶은 충동이 일었지만 꾹 참는다. 그런 일을 해서는 안 된다. 없는 일로 해두는 게 좋을지도 모른다. 어제 내가 뜯어낸 도색은 뚜렷한 열십자다.

그대로 문을 두드리려다가, 전처럼 예의를 갖추어서 이야기할지, 화난 말투로 따질지, 무턱대고 비꼴지를 먼저 생각해본다. 예의를 갖추는 것은 이미 있었던 대화로 미루어보아 이편에서 오히려 말려들 가능성이 높다. 그러나 어설프게 흉악한 것은 유치한 것만 못하다. 이것도 나는 조카를 상대하면서 알게 되었다.

알겠다고, 내가 집을 나가 살겠다고 울면서 소리 질렀을 때, 내 목소리는 몇 번인가 갈라져서 우습게 들렸다. 정확히 그때마다 그 애는 킥킥댔다. 그래서 내가 더욱 사납게 "웃지마!"라고 소리 지른다는 것이 "웃자미!"라고 발음하는 바람에 그 애는 눈물까지 흘리면서 웃었다. 나는 화를 낼수록 우스운 인간으로 여겨지는 타입이다.

별 수 없이 나는 손을 모아 정중히 물어보기로 한다. 그러나 내가 그렇게 하기 전에, 여자가 먼저 나서서 내게 무릎을 꿇고 빌면서 이어폰의 행방에 대해 자세히 이야기하는 것도 상상해본다. 그러나 이건 자위에 불과하다. 사실이 여자를 206호와 싸잡아서 하찮은 존재처럼 까내린 바가 있지만, 이 여자가 실제로 훔쳐갔다고 하더라도 필사적으로 땅에 닿는 것은 내 무릎일 것이었다. 나는 태양계나 채석공, 망치, 파동, 적당하게 잘려나간 도마뱀의 꼬리 같은 것들을 떠올리면서 문 앞을 서성인다.

어제 내가 방문 페인트를 뜯어 만든 열십자를 손가락으

로 더듬고 있었다. 여자의 목소리가 들린다.

원하는 게 뭐예요?

어제와 같은 질문이다.

"잃어버린 것을 돌려받는 거요."

나는 어제와는 다른 대답을 한다.

무슨 보상을 해줄 건가요?

"원래 제 것인 걸 돌려받는 것인데요."

그건 잃어버린 것이 아니라 준 것 아닌가요?

"우리가 정확한 한국어를 사용해서 대화하고 있는 것이 맞다면, 그건 완벽히 잃어버린 거예요."

여자는 방문을 연다. 뭔가가 부패하는 것 같은 냄새가 났다. 하지만 나는 그녀를 존중하기 위해 코에 손을 갖다 대지 않는다. 그저 입으로 약하게 숨을 쉰다.

"내가 당신에게 주었다고 해도, 나는 다시 돌려받고 싶어요. 생활이 안 돼요."

그렇게는 안 된다는 거 알지 않아요?

"원래의 생활로 돌아가고 싶어요."

원래 어떻게 생활했는데요?

나는 얼마간 여자의 오른쪽 배를 바라본다. 그리고 오가 수술을 받은 후 처음으로 외출하고 돌아온 날을 생각한

다. 오가 묻혀온 바깥 공기의 냄새를 오래오래 **맡고 싶어**
이젠 오가 입고 나간 내 옷에 코를 박고 있었던 것이다.

누군가 방문을 세게 두드린다. 나는 여자를 옷장 안에
넣는다. 잘 들어가지 않는다. 흘러넘칠 것 같았지만, 어쨌
든 구겨 넣는다. 이어폰이 옷장 안 어딘가에서 나와 바닥
에 떨어졌다.

"나다. 문열어."

관리자였다.

− 7

그 목소리를 들으니 나는 여러 밤들이 생생하게 떠올랐
다. 내가 한 것이라곤 2주 정도의 시간 동안 조카가 자고
있을 때 그 애의 배를 쳐다보고 있던 것이 전부다. 걔의 뺨
을 때리거나 깨물거나 욕을 한 것이 아니라 조용히 쳐다만
보고 있었다. 나는 그 애의 배가 오르락내리락하는 것을
보면서, 그 안에서 시커멓고 쪼그라든 그 애의 간에 접합
되어 있을 나의 싱싱한 간과 딱 그 정도의 부피만큼 비어
있는 내 오른쪽 배의 허전함에 대해 생각했다. 그것뿐이었
다. 그런데 갑자기 조카는 내 시선을 피하고 나와 말을 하
지 않기 시작했다.

팬티 도둑이 뭐가 나빠

어느 날 오빠가 "나야, 문 열어"라는 말을 시작으로 화난 듯이 내 방으로 걸어 들어와서 아이패드를 건넸다. 아이패드에는 내가 자고 있는 오의 배를 가만히, 그리고 오랫동안 바라보고 있는 동영상이 재생되고 있었다. 화면에서 바뀌는 것은 재생 시간뿐이었다. 오빠는 말했다.

"너는 우리와 좀 떨어져 있는 게 좋겠다."

오의 아빠답게 쉽게 깨지는 진심 같은 것을 갖고 있다. 수술만 끝나면 여왕처럼 대할 것처럼 하더니, 오빠는 나를 자신이 관리자로 있는 이 고시원으로 보냈다. 그래서 이제 우리집에는 오빠와 오와 오에게 알맞은 양의 내 간만이 살게 되었다.

8

나는 동작을 멈추고 눈알만 문 쪽으로 돌린다.

"안에 있는 거 다 알아. 문 열어봐!"

방문이 들썩인다. 문에 붙어 있는 205호 팻말이 좌우로 흔들리고 있을 것이다. 나는 손바닥으로 얼굴을 몇 번 비비고 내가 여태 훔쳐온 팬티를 다 꺼낸다. 나는 하나씩 겹쳐서 모조리 입는다. 잠옷까지 입으니 아랫도리가 두둑하다. 나는 문을 열고 완전히 잠에 들었다가 막 깼다는 식으로 낮은 목소리를 낸다.

"뭔데?"

"너 나한테 할 말 없어?"

명백한 자백 명령이다. 팬티들에 음모가 끼어 불편하다. 나는 그 부분을 마구 꼬집는다.

"CCTV 돌려봤다."

이런 말에는 대답을 해선 안 된다.

"너 도대체 왜 그래?"

이런 말에도 대답을 해선 안 된다.

"대체 뭐가 문제야? 남의 그걸 왜 훔쳐가? 미쳤어?"

미쳤냐고? 나는 더 이상 듣고 있을 수만은 없어 입을 뗀다.

"오빠, 본인 입으로 본인이 좋은 사람이라고 말하면 절대 믿으면 안 되지만, 반대로 본인이 나쁜 인간이라고 말하는 건 완전히 믿어도 된다는 말, 들어봤어? 정말 병신 같은 소리야. 내가 증거다. 나는 절대 미친 사람이 아니기 때문이야. 나는 너무 보통이라서 차라리 조금 미쳐야 제대로 보통이 될 거 같아. 오빠가 써놓은 공지사항의 말도 안 되는 오타를 수정해준 사람이 누구라고 생각해? 여기 샤워실의 물 온도를 맞추기가 힘들어서 거의 반년 동안이나 몸을 씻는 일은 꿈도 못 꿨어. 어쩌면 1년 동안! 분명히 이 건물 보일러에 문제가 있다고 생각했지만 오히려 다행이라고 생각했지. 내가 샤워를 못하는 이유는 아직 제대로 아물지 않은 수술 상처 때문이 아니라고. 물이 적당히 뜨겁지 않아서야. 샤워하지 못하는 이유가 생겨줘서 다행이라고. 또 나는 너무 잠이 많이 오는 것도, 그래서 하루에 깨어 있는 시간이 여덟 시간 밖에 되지 않아 힘들었는데, 어차피 잠자는 것을 좋아하니까 오히려 다행이라고 생각했지. 그런데 이거 알아? 의사 선생님도 수술 전에 나보고 도망가라고 했다고! *단다안단단단다안다안단*, 모스부호로 어깨를 치면서 도망치라고 했지만 나는 모른 척했다고. 왜냐고? 그게 이성적이고 합리적인 행동이니까. 말하자면 원래 내가 누렸던 생활과 비교했을 때, 지금의 생활은 분명히 질적인 차이가 있지만, 지금의 나는 이성적이고 합리적인 판단을 바탕으로 최선을 다할 수 있는 일을 선택한 결과라고 생각해."

"지금 남의 것을 훔친 걸 잘했다는 거야?"

나는 문을 열고, 잠옷 바지를 벗어젖히고 훔친 팬티를 모두 입은 채로 외친다.

"아, 아, 팬티! 그래. 남의 팬티는 훔치면 안 되지. 그런데 내가 훔쳤다. 왜냐하면, 이제 나는 죽을 때까지 100퍼센트 나는 아니니까. 이게 별 차이가 없다면, 왜 오빠 간을 주지 않았어? 어제 아침엔 계란 후라이를 먹었다가, 오늘 아침엔 스크램블을 먹는 것 같은 거나 다를 게 없는 일이지. 스킨 스쿠버를 꿈꿨다가 샤워를 1년 동안이나 제대로 못하는 건, 우주의 양 끝에 두 사람이 서 있다가 정확히 절반으로 접혔을 때 서로 손바닥을 마주칠 수 있는 거리만큼 커다란 차이라고. 결코 간단한 게 아니야. 뻔뻔한 거라고. 그런데 대체 이깟 팬티가 뭐라고 이 지랄이야!"

오빠는 멍청한 얼굴로 입을 벌리고 서 있다.

나는 정말 이깟 팬티라고 생각한다.

팬티 도둑이 뭐가 나빠

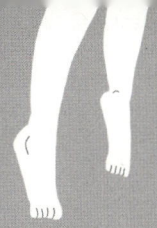

에쎔플한썰푼다

나와 연은 모텔에서 하루만 자기로 함. 연은 그다음 날은 집에 아무도 없으니 자기네 집으로 가자고 말함. 2박 3일의 일정 변경은 절대 없어야 한다고 못 박은 사람도 연임. 이건 좀 웃긴 말이지만 우리는 오로지 섹스를 하기 위해 만나는 것이었음. 서로에게 숨겨진 성적 취향이 있을 수 있으니 그것을 찾아 즐기는 것이 목표였음.

연은 로프를 준비해 오라는 말에 겁먹은 나를 이렇게 달램.

"그래도 찾아보니까, 무지막지한 것들에 비해 조신한 편에 드는 섹스야."

"팔다리를 묶인 채로 조신할 수 있다고?"

나는 웃었음. 연은 같이 웃는 대신 진지한 음성으로 말함.

"난 원래 이런 사람이 아니야. 너니까 할 수 있는 거야."

나는 덩달아 목소리를 낮게 내며 연에게 말함.

"나도 너니까 할 수 있는 거야."

속으로는 '그런데 나는 원래 이런 사람이야'라고 덧붙

임. 연은 도대체 어떻게 이렇게 순진하고 순수하게 자란 거임? 같이 학원 다닐 때는 몰랐음.

그런데 예상할 수 없는 일들은 늘 일어났고, 일어나고, 일어날 수 있음. 예상할 수 없는 일의 목록에는 아주아주 아주아주아주 희박한 가능성을 가지고 있는 일들이 존재함. 그건 완전히 미친 일임. 그런 일들은 정말로 불가능할 것 같아도 일어나기 때문임. 여러 우연들이 겹쳐 인간이 살기 적절한 우주가 탄생한 것처럼. 이것은 허구나 다를 바가 없음. 하지만 일어났음. 이렇게 가능성은 늘 실현될 틈을 노리고 있음.

이런 맥락에서 보면, 둘째 날 혼자 집으로 돌아가는 나를 붙잡으려고 연이 택시를 타고 뒤따라올 수도 있음. 역사의 자동문이 열리자마자 눈에 잘 띄는 기둥 옆에 서 있었던 것임. 역 문은 수시로 열리고 닫혔음. 그때마다 바람이 내 코를 썰어버릴 것 같았음. 하지만 오로지 연이 나를 발견하기 쉽도록 하기 위해 바람을 피해 기둥 뒤에 숨는 짓 따위는 하지 않은 것임.

그러나 아무 일도 일어나지 않았음. 연의 모습은 보이지 않았음. 기차 운행의 가능성은 약속된 대로였음. 나는

에쎔플한썰푼다

예상할 수 있는 시각에 무사히 기차에 오를 수 있었던 것임. 하지만 나는 기차에 오른 후에도 승객들의 얼굴을 살폈음. 승무원에게 열차의 출발 시간을 물었음. 그녀는 상냥한 얼굴로 정시라고 했음. 진짜로 기차는 정시에 출발했음. 연은 어디에도 없었음. 연이 먼저 약속했던 전화조차 걸려오지 않았음. 나는 일부러 마구 구역질을 했음. 앞좌석에 앉은 사람이 몇 번이나 뒤돌아보았음.

2박 3일의 섹스 파티 대신 나는 집으로 돌아가게 된 것임. 우리가 섹스를 한 다음 날, 연이 갑자기 오늘 집에 누군가가 있을지 모른다는 말을 꺼냈기 때문이었음. 지난 밤까지만 해도 —정확히 말하자면 섹스하기 전까지만 해도, 다음 날에는 100퍼센트의 확률로 가족 모두가 외출한다고 장담했음. 그래서 비게 될 것이라던 그의 집은 정작 오늘이 되자 누군가가 있는지 없는지 장담할 수 없게 된 것임.

연은 배터리가 닳아 핸드폰이 꺼졌는데, 전날 급하게 나오느라 충전기를 챙기지 못해 다시 켤 수 없다고 함. 그래서 가족 중 누군가에게 전화해 집이 비어 있는지 확인할 수도 없다며 난감해했음.

내 핸드폰은 멀쩡했음. 배터리 충전기를 챙겨왔기 때문

에 밤새 충전을 해놓았음. 통화도 아주 잘되는 핸드폰이었음. 하지만 연은 내 핸드폰을 빌려서 가족에게 연락해보지 않음. 그 대신 퍽 걱정스러운 말투로 우리가 같이 집에 갔을 때, 가족 중 누군가가 집에 있을 경우를 계속 고민하는 것이었음. 나는 그때 연이 실제로 장담한 것은 조건부였음을 알아챘음. 어젯밤에 맛이 없어 먹다 남긴 치킨이 모텔 방 신발장에서 상해가고 있었음.

연은 버튼을 눌러도 화면이 밝아지지 않는 핸드폰을 내 눈앞에 들이댔음. 나는 아무 말도 하지 않았음. 연은 무언가를 망설이거나 무언가를 기다리는 것처럼 보였음. 나는 연의 집이 갑자기 너무나 멀고 외진, 내가 절대로 밟을 수 없는 땅에 있는 듯한 기분이 들었음. 그 말은 —그러니까 연네 집에 가지 않겠다는 그 말은, 내 입에서 나왔지만 나의 말이 아니었음.

"그럼, 난 집으로 돌아갈게."

연은 내 말에 대답하지 않고 가만히 있었음. 하지만 그건 무엇보다도 강력한 동의였음. 듣고 싶은 말이지만 제 입으로 하기엔 면목 없는 그런 이야기들은, 막상 상대의 입에서 흘러나오면 동의되거나 반박되지 않음.

그때 연은 내게 등을 보이고 앉아 있었음. 연의 앞쪽에도 등이 있을 것 같았음. 아니, 연의 오른쪽 옆구리도 그 반대편의 옆구리도, 머리 꼭대기와 발바닥까지 모조리 등인 것만 같았음.

연의 침묵은 너무 길어서, 참아내기 버거울 정도였음. 차라리 내 편에서 연의 등에 대고 먼저 다른 이야기를 주절거리는 것이 낫겠다고 생각했음.

"오늘 엄청 춥대. 귀가 떨어져 나간다는데."

나는 핸드폰 화면을 보며 아무렇게나 말했음.

"정말? 몇 도나 된대?"

그제서야 연은 입을 뗐음. 불쌍한 연. 그리고 이어서 말함.

"누나한테 연락해봐야 하는데."

내가 집으로 돌아가겠다고 한 것의 대답도 아니고, 그 무엇의 짝도 될 수 없는 말임. 연은 도대체 왜 이렇게 피곤한지 모르겠다는 말까지 덧붙이고 목을 좌우로 꺾었음.

"나 정말 집에 가도 괜찮아."

내 말에 연은 다시 대답하지 않았음. 창가로 가더니 밖을 한번 쳐다보았음. 나는 이미 창밖을 내다보았으므로, 별 볼 것이 없다는 것을 알고 있었지만 연은 짐짓 놀라는 기색으로 말했음.

"오늘 정말 춥겠네. 네 말대로 집에 가야겠다."

이 말은 곧 '너를 우리집으로 데려갈 수 없음. 그 이유는 추우니까'라는 의미였음. 그 말도 안 되는 논리에 웃음이 나오려다가, 나는 차라리 스스로 내 뺨을 후려치고 싶은 마음이 들었음. 그러나 나는 조금의 내색도 하지 않았음. 내가 뭐라고 말하겠음? 나랑 같이 있는 것이 그렇게 싫으냐고 함? 말 같지도 않는 핑계로 나를 속이냐고 함? 우리는 애인도 뭣도 아니지만 다른 도시까지 찾아온 나를 생각해주어야 하는 것 아니냐고 함?

다만 연을 만나기 위해 이곳까지 찾아오는 수고를 마다하지 않은 내가 경멸스러웠음. 세상에서 가장 추한 것이 있다면, 돼지같이 묶여서 연이 때리는 대로 엉덩이를 흔든 나일 것임. 나는 구역질을 참았음.

아직 창피한 줄도 모르고 바닥에 널부러져 있는 로프들! 나는 그것들로 목을 매고 싶었음. 나는 어서 연이 자신의 집으로 가도록 떠나보내고 나 혼자 그곳에 남아 그토록 묶이고 싶던 몸뚱아리를 햄처럼 칭칭 동여매어 죽고 싶었음. 지난 밤의 그 풍경보다 훨씬 볼 만할 것이었음.

나는 그런 마음을 숨기고 로프를 정리하는 연 옆에 서서, 그 로프로 수타면을 뽑는 흉내를 내었음. 연은 조금 웃

에쎔플한썰푼다

었음. 나는 연이 불쌍했음. 이제야 웃을 수 있다니. 나는
이제 웃길 힘도 없어서 로프를 가방에 넣었음. 내가 화장
실에 갔다가 돌아오자 연은 이미 신발까지 다 신은 차림이
었음. 그렇게 모텔 방에서 나와 엘리베이터를 타고 계단을
걸어내려가 택시를 잡을 때까지 우리는 아무 말도 하지 않
았음. 내가 택시에 탈 때 연이 말했음.

"집에 가서 바로 연락할게. 지금은 배터리가 없어서."

"응."

나는 연의 얼굴을 보지 않고 대답했음. 택시가 출발했
음. 그때 이 모든 일들이 장난처럼 느껴졌음. 그렇게 나는
기차 대합실 기둥에 기대어 서서 두리번거린 것임.

나는 계속해서 가능성을 찾았음. 심지어 기차가 출발하
고 청성역에 도착한 뒤 플랫폼에 내릴 때까지도. 역에 정
차할 때마다 연이 기차에 탑승할 가능성과 연이 하필 내가
있는 기차 칸의 반대 방향에서부터 나를 찾는 바람에 늦게
조우할 가능성, 그리고 내가 내릴 기차역 플랫폼에서 나를
기다릴 가능성 등.

시간은 셀 수 없이 많은 가능성을 품고 있고, 현실에서
는 크게 기대하지 않은 가능성이라도 적당한 발판만 마련

된다면, 어느 순간 쉽게 그 모습을 드러내는 법임. 내 입장에서는 연이 출연하는 모든 가능성을 간단히 무시할 수 없었음. 하지만 내가 연와 재회하지 않고 기차역을 나와 홀로 버스 정류장으로 향하는 순간, 수많은 가능성이 하나도 남김없이 모조리 타이밍을 놓쳤다는 것을 깨달음.

그것들은 완전히 사라진 걸까? 어디서 화형 당했나? 살아 있다면 가능성들은 어디로 돌아간 건가? 나의 경우처럼 고향일까? 그것들은 득시글득시글 모여 앉아 그곳을 빠져나올 또 다른 타이밍을 기다리고 있을까? 고향에서 또다시 좌절된 가능성들은? 그때는 어떻게 되는 걸까? 가능성의 고향의 고향으로 가는 걸까? 그러한 가여운 것들의 고향으로 갈 수 있다면 나도 가고 싶어졌음. 나는 내가 무사히 나의 도시로 돌아올 수 있었다는 것이 견딜 수가 없었음.

나는 역을 나와 나는 집으로 가는 버스를 타려고 정류장을 향해 걸었음. 바람은 매서웠음. 하지만 나는 춥지 않았음. 몸은 오히려 불타는 것 같았음. 나는 아무에게도 내 얼굴을 들키고 싶지 않았음. 나는 고개를 숙이고 천천히 걸었음. 그러나 이 지독한 창피가 과연 어디서 기인한 것인지 알 수 없었음. 이런 창피에 비하면 차라리 분노가 나

에쎔플한썰푼다

은 것임. 창피는 차원이 다름. 분노는 누군가의 아가리를 찢어버리고 싶은 기분임. 그러나 분노의 차원 너머에 존재하고 있는 창피는 기분이 아님. 몸으로 나타나는 것임. 제대로 걸을 수도 없는 것임. 사지가 굽어버리는 것임. 그리고 누군가의 아가리가 아니라 내 아가리를 찢고 싶은 것임.

길에는 사람이 아무도 없는데도 나는 얼굴을 들 수 없었음. 길 위가 아니라, 지구상에 나 혼자 남았다고 해도 나는 얼굴을 들고 걸을 수 없을 것이라고 생각했음. 나는 내 머리가 하나의 커다란 종기 따위여서, '퍽' 하고 짜내버리는 상상을 했음.

나는 눈을 감았음. 그랬더니 연의 눈이 내 눈앞에 있었음. 그 이미지는 실재와 허구가 뒤섞여, 눈앞에 떠오르는 장면이 상상인지 회상인지 구분할 수 없는 지경이었음. 연의 눈은 서서히 멀어졌고 높은 쪽에서 나를 차분히 내려다보았음. 나는 벌거벗고 두 손과 양다리가 묶인 채로 꼼짝없이 바짝 엎드려 있을 수밖에 없었음.

눈을 감고 있는 동안, 연의 눈은 사라질 기미를 보이지 않았음. 코트 주머니에서 핸드폰이 여러 번 진동했음. '아, 드디어 연이 전화했구나' 하는 생각에 그 순간만큼은 모두의 아가리가 성할 수 있었음. 그러나 핸드폰 액정화면을 보았더니 070 스팸 광고 전화였음.

070 스팸 광고도 내게 전화를 해주는데! 이제 너는 나에게 스팸 전화만도 못한 거임? 연은 나를 가만히 둠으로써 나를 가만히 두지 않았음. 차라리 연이 나에게서 지금보다 훨씬 멀리 떨어진 곳으로 가버리면 좋겠다고 생각했음. 땅바닥에는 새똥 자국이 무수했음. 새똥 같은 새끼. 아무도 없는 산 속 같은 곳에 던져놓으면 속이 시원하겠다고 생각했음. 거짓말임. 이미 그곳에 연이 있다는 것을 내가 아는 이상 아무 의미 없음.

아예 연이 애초에 존재하지 않았으면 좋았겠다고 생각함. 그랬다면 치욕도 없을 테니까. 그런데 연이 존재하지 않게 하려면 나는 칼자루를 쥐고 몇 백, 몇 천, 몇 만 세대를 거슬러야 하는데 그건 불가능함.

멀리 갈 것도 없이 연의 바로 한 세대 위에서 해결하면 된다는 것쯤은 나도 이미 알고 있음. 엄밀히 말하면 그것도 불가능임. 나는 내가 태어나기도 전의 역사를 훼손할 순 없으니까.

연의 바로 위 세대를 파괴하는 것은 그보다 더 위 세대를 저지하는 것과 비교하면 높은 확률로 가능함. 비교적

에쎔플한썰푼다

높은 확률조차 사실은 불가능이라는 것을 아니까. 그게 나를 더 좌절시켰음. 이건 어디까지나 기분의 문제임.

하여간에 연은 이미 세상에 나왔음. 연의 위 세대를 만나 해치는 일이 불가하다면 '맞아, 그냥 죽어버렸으면 좋겠다'고 생각했음. 연이 죽었다는 것을 내가 알 수 있는 확실한 방법은 단 하나밖에 없었음. 나는 양손을 꽉 쥐었다가 폈음.

새똥만 골라 밟으며 역으로 다시 돌아갔음. 매표소 안내원은 연이 사는 도시로 가는 막차는 이미 5분 전에 떠났다고 표정 없이 말했음. 아! 어제 연의 등을 안지 않았어야 했음.

이 기분 그대로 집으로 갈 수는 없었음. 혼자 집에 있게 되면 나는 반드시 죽을 수밖에 없었음. 생각을 더 해야 함, 생각을! 나는 나의 집 반대 방향으로 가는 버스를 타기로 마음먹음. 길 건너 원래 정류장에 서 있었음. 정류장에는 누가 먹다 버린 찹쌀떡이 떨어져 있었음. 가장 먼저 도착하는 버스를 타기로 마음먹음.

그러나 첫 번째로 도착한 버스와 그 이후의 두 대를 더 보내고 나는 네 번째로 도착한 버스에 탔음. 가능성의 출현이란 이렇게 간단한 것인데. 왜 연은.

집과 멀어질수록 마음이 편해졌음. 빠른 속도로 스쳐가는 가로수를 보면서 더 이상 연에 대해 생각하지 않기로 함. 연은 내게 중요한 사람이 아님. 형태도 제대로 파악되지 않을 정도로 차창을 지나쳐버리는 나무와 같은 것임. 그런데 나무들이 길의 영원까지 심어져 있는지, 아무리 가도 여전히 마주치는 거임. 그래서 나는 계속 연에 대한 생각을 할 수밖에 없었음.

번화가로 향할수록 승객이 많이 올라탔기 때문에 버스 안은 더워졌음. 승객 틈바구니에 끼어서 나는 조금도 움직일 수 없었음. 나는 땀을 뻘뻘 흘렸음. 마스크를 낀 옆 사람의 눈이 연의 것으로 보였음. 나는 계속해서 땀을 뻘뻘 흘렸음. 연인 것일까? 그는 내 눈을 피했음. 내가 본 것은 분명히 죄책감이었음. 나는 힘들게 움직여 그의 손목을 잡았음. 그리고 눈을 바라보았음.

그를 저지하는 수많은 가능성들을 깨고 내 눈앞에 있는 연의 눈을. 연은 이번에는 내 눈을 피하지 않고 계속 바라보았음. 나도 연을 바라보았음. 나는 연의 손목을 점점 더 세게 쥐었음. 연이 마스크를 벗었음.

연은 순식간에 낯선 사람으로 변했음. 그는 붙들리지

　　　　　　　　　　에쎔플한썰푼다

않은 손의 검지로 자기 얼굴과 목 사이의 언저리를 가리키
며 물었음.

"저 아세요?"

입냄새가 심했음. 나는 잡은 손목을 놓고 입을 가렸음.
곧바로 번화가로 들어선 버스가 정류장에 멈췄음. 그 낯선
사람은 수챗구멍에 물이 빠져나가듯이 사람들에 휩쓸려
사라졌음.

나는 땀을 뻘뻘 흘렸음. 다음 정거장에서 꼭 내려야겠
다고 생각했음. 남은 사람은 몇 없는데 안내방송은 너무
컸음. 문득 승객이 아무도 없을 때도 안내방송이 나오는
지 궁금해졌음. 나는 승객이 없는 버스 안에서 울려퍼지는
안내방송 소리를 떠올려봤음. 아무도 없는 공간을 이동시
키는 것은 고독한 일임. '아무도'에 해당하지 못하는 누군
가를 위해 같은 간격으로 무슨 소리라도 나오는 편이 나을
것이라고 생각함. 그러나 안내할 사람이 없는 안내방송이
외려 안내하는 사람을 더욱 고독하게 만들어버릴지도 모
른다는 생각에 다시 마음을 바꿈.

열 개의 정류장을 지나 종점에서 내렸음. 집이 있는 방
향으로 걷기로 했음. 그 방향이 맞는지 정확히 모르겠지만
큰 도로를 따라 지나온 정류소의 반대 방향으로 걸으면 되

는 것 아님?

눈이 날렸음. 나는 가방에서 우산을 꺼내 썼음. 우산이 바람에 자꾸 뒤집어졌지만 안 쓰는 것보단 나았음. 가방은 우산의 무게만큼 가벼워졌을 텐데 무슨 일인지 더 무겁게 느껴졌음. 가방에는 꽤 많은 것들이 들어 있음. 나는 그것들을 머릿속으로 떠올려서 줄 세워보았음.

윤활유, 로프, 콘돔, 갈아입을 옷과 팬티, 브래지어, 생리대, 지갑, 화장품, 그리고 책. 책은 연이 절대로 다른 곳에서 한 번도 들어본 적도 없을, 사실은 나도 읽다 포기해버린 것으로 골랐음. 새것처럼 보이는 광택이 흠이었음. 나는 연이 가지고 있는 약간의 지적 허영심을 알았고, 이 책이 내게 가져다줄 것은 어떤 종류의 선망이었음.

그런데 윤활유와 로프와 콘돔, 그리고 생전 처음 들어보는 작가가 쓴 책을 가방에 넣고 다닌다는 이유만으로 선망할 남자가 있음? 나는 연의 도시로 가기 전에 로프를 가방에 챙겨 넣으며 떠올렸던 그 질문 ―나의 도시로 오기전에 로프를 다시 가방에 챙겨 넣으며 떠올렸던 그 질문으로 돌아왔음. 나는 여전히 답을 하기 어려웠음. 답을 하기 어렵다는 것은 스스로도 납득할 수 없었음. 나는 그 까닭이 애초에 잘못된 질문에 있다는 것을 눈치 챘음. 그곳을

에쎔플한썰푼다

떠난 지 일곱 시간이 지난 후에나, 세 번의 똑같은 질문을 떠올린 후에나 말임.

내가 궁금했던 것은 '그런 여자를 선망하는 남자의 유무'가 아님. 진짜 궁금했던 건 바로 '그런 나를 연은 선망할까'임. 그러니까 '윤활유와 로프와 콘돔을, 생전 처음 들어보는 작가가 쓴 책과 함께 가방에 넣고 다닌다는 이유만으로, 연은 나를 선망할까?'라고 물었어야 했던 거임.

그럼 간단히 답할 수 있음. 질문의 목적어에 '내'가 자리하는 이상, 항상 답은 '아니요'임. 하지만 그가 나를 좋아하지 않는다는 단순한 사실 때문에 내가 어금니를 꽉 물게되는 것은 아니었음. 그곳에서부터 시작해야 완전히 이해할 수 있는 이야기들 때문임.

가능성들의 무덤에 매장해두었던 이야기, 잠든 연의 등을 안고 내가 떠올렸던 '어쩌면'의 세계를 박살 내는 이야기, 나는 전혀 듣고 싶지 않지만 내 귀에 대고 말하는 이야기, 아직 듣지 않았는데도 이미 잘 아는 이야기, 연에게 나는 윤활유와 로프와 콘돔과 세트일 뿐이라는 이야기, 나는 실험기구와 다름없었다는 이야기, 나를 일찍 돌려보내는 것은 실험이 끝나서 기구를 반납한 것에 불과하다는 이야기, 막상 닥치고 보니까 한 번이면 충분했다는 이야기, 남은 2일 동안 같은 실험을 반복할 필요가 없던 것이라는 이야기.

502호. 나는 세상의 모든 502호를 경멸할 작정이었지만, 사실 경멸할 것은 따로 있었음.

"서로에게 자위기구는 되지 말자."

조금의 비유도 없었던 내 언어.

"당연하지, 나는 너를 사랑할 것 같아."

완전히 반어였던 네 언어.

연이 먼저 잠들고 난 후, 나는 잠결인 척 연의 등을 안았음. 그러나 '사랑하는' 것과 '사랑할 것 같은' 것은 완전히 다른 성질의 것이라는 걸을 이제야 알았음. 나는 너에게 맛없는 배달음식이었음. 나는 사실 신발장에서 잔 것과 다름없는 것임.

바로 이게 내 창피의 씨앗임.

다시 눈앞이 캄캄해졌음. 얼굴이 달아올랐음. 기차에서 내렸을 때보다 심각했음. 나는 진짜로 구역질이 났음. 내 딛는 바닥마다 물렁물렁한 느낌이었음. 동물의 창자 속을 걷는 것 같았음. 어쩌면 내 배 속의 것인지도 모른다는 생각이 들었음. 갑자기 역으로 가는 길에 보았던 개의 시체

를 떠올렸음. 나는 우산을 놓고 길바닥에 마구 구역질을
해댔음. 빗발은 점점 굵어졌음. 뒤집어진 우산 안쪽에는
바깥쪽으로 튕겨 나가야 할 비들이 모이고 있었음. 귀밑
턱이 얼얼했음. 다리에 힘이 풀렸음. 땅바닥에 아무렇게나
주저앉았음. 엉덩이가 축축했음. 그래도 상관없었음.

정면에 나무 한 그루가 보였음. 바람에 가느다란 가지
들이 마구 흔들렸음. 머리를 풀어헤친 미친 여자같아 보였
음. 나무도 나름의 언어로 소통한다는 이야기를 어디선가
들은 기억이 났음. 그렇다면 저 나무는 지금 무슨 말을 하
고 있을까? 내가 나무라면 무슨 말을 하고 싶을까?

'나는 억울해. 미친년은 내가 아니야. 바람이 미친년이
야!'

이런 생각을 하다가 나는 조금 웃었음. 건너편에서 걷
던 남자 둘이 나를 힐끗 쳐다봤음.

"미친년은 내가 아니에요."

내가 말함. 그 새끼들은 이제 나를 완전히 미친 여자처
럼 바라봤음. 나는 눈을 꽉 감고 고개를 좌우로 빠르게 젓
고 나서, 다시 나무의 마음을 헤아려보려고 노력했음. 하
지만 문장 끝에는 물음표가 달리거나 '-일 거야'가 붙었
음. 모든 것은 짐작임. 나무의 진짜 마음을 증명해줄 수 있

는 이는 아무도 없었음. 나 자신이 눈앞의 나무가 되어보지 않고서는 그 심정을 눈곱만큼도 알지 못할 거임.

'타인의 마음에 관한 한, 모든 앎은 짐작이야.'

문득 생각했음. 사람은 나무와는 달리 메시지를 전할 수 있다 해도, 나무와 크게 다르지 않을 거라는 생각이 들었음. 내가 확인할 수 있는 마음의 원본은 내 것뿐임. 이데아에 머무는 타인의 마음을 보지 못한 채로 우리는 영원히 각주만을 달 수 있음.

노력과는 무관하게 다른 이의 마음에 관한 확인과 증명의 영역은, 결국 이미 날 때부터 닫혀 있는 셈임. 나는 수많은 너들로 태어나지 않으니까. 원본을 열람할 수 있는 이는 세상에서 오직 하나임. 원본과 사본을 대조할 수 있는 이는 오직 하나임. 마음의 사실을 보증할 사람도 오직 하나임. 사본을 위조하는 것도 마찬가지로 하나임. 최후의 보증인이자 사기꾼은 하나인 셈임. 마음과는 닮지 않은 메시지를 전달할 수 있다는 점을 염두에 두고 보면, 모두는 귀머거리 혹은 장님이나 마찬가지인 셈임.

나는 무서워졌음. 마음에 대한 이해와 노력은 무용했음. 생각하면 할수록 더 모를 기분이 되었기 때문임. 세상의 모든 이들은 이렇게 위험하게 살아가고 있는 거임? 그

에쎔플한썰푼다

런데도 어떻게 아무렇지 않게 살아갈 수 있지? 아마도 일방적인 것이 아니기 때문일 것임. 피차일반이기 때문일 것임. 피차일반?

나는 억울해졌음. 나는 연에게 전화를 걸었음. 신호음은 들렸지만, 연은 받지 않았음. 나는 이제 마음에 관한 말은 믿지 않기로 다짐했음. 아니다. 애초에 이 문제는 내가 그 누군가가 직접 되어보지 않아도 명확히 알 수 있는 마음을 믿기 싫었기 때문이었음.

만일 연이 나의 바람대로 나를 사랑해주었다면, 나는 분명히 지금과는 정반대의 주장을 펼칠 게 뻔했음. 사람의 마음은 알 수 있는 거라고 말임. 이제 나는 내가 모른 척 지나왔던 모든 마음에 대해 차라리 그 사본이라도 알고 싶은 마음이 들었음.

그 사이에 비는 계속 내림. 기울어진 땅으로 비는 한곳으로 흐르고 있었음. 주저앉은 엉덩이 양옆으로 물길이 두 갈래로 갈라지며 흐르고 있었음. 오히려 잘됐음. 이렇게 씻어내지, 뭐. 나는 엉덩이에 힘을 줬다가 풀었다가 했음. 빗물의 수면이 알록달록한 윤으로 번쩍였음. 그것을 보자 축축한 엉덩이가 엄청 신경 쓰이기 시작했음. 화학 성분이 섞여 있을 빗물이 질 내벽을 타고 자궁 속으로 빨려 올라

갈 것 같았음. 괜히 아랫배에 얼얼한 통증이 있는 것도 같
았음. 아무것도 모르는 내 자궁!

　나는 곧장 자리에서 일어나 엉덩이를 탁탁 털었음. 그
런데 이미 화학 성분이 자궁 속으로 빨려 올라갔다면 옷
표면의 흙물을 털어내는 것으로는 씨알도 안 먹힐 거임.
나는 다리를 살짝 벌리고 제자리에서 콩콩 뛰었음. 하체의
힘을 최대한 풀고 귓속의 물을 뺄 때처럼 오른발 왼발 바
꾸어가며 뛰었음. 그 와중에도 기름이 섞인 빗물은 내 두
발 사이로 찬란하게 흐르고 있었음.

　울었음. 나는 도대체 왜 이곳에서 이런 짓을 하고 있어
야 하는 거임? 내 몸과 가방과 그 속의 물건들은 마치 어
느 역사에도 해당되지 못하고 버려진 장면 같았음.

　나는 소설가의 구겨진 노트야. 나는 시인의 잊힌 행이
야. 나는 한 번 더 찍혀버린 두 번째 마침표야.

　숨을 헉헉대면서 울었음. 제일 가여운 것은 자기한테
무슨 일이 일어나는지도 모르는 내 자궁이었음. 꼭 내 주
먹만 할 핑크빛 자궁. 실제로는 흉물일 수 있지만 어차피
꺼내어 볼 수 없으니까 최대한 보기 좋게 상상했음. 나는
자궁의 결대로 쓰다듬어주고 싶었음.

　세상에는 스스로가 아니면 할 수 없는 일이 있음. 삶을

　　　　　　　　　　　에쎔플한썰푼다

사는 것과 마찬가지로 절대로 누구도, 아무도 대신 해줄 수 없는 일 말임. 만일 자신의 자궁을 쓰다듬는 일이 가능하다면, 그것도 그런 일 중 하나일 것임. 나는 자궁에도 마음이 있을 거라고 생각했음. 그렇지만 그것의 마음은 나무의 경우와는 달리, 물음표나 '-일 거야'로 끝나는 문장을 만들어내는 것조차 가능하지 않음. 나는 내 자궁의 마음조차도 모름.

위아래로 뛰는 것을 멈추고 두 손으로 아랫배를 감쌌음. 아예 겉옷 아래로 손을 집어넣었음. 아주 뜨뜻했음. 그러고 딱 100번을 더 뛰었음. 그때부터 눈물이 나지 않았음. 오른손은 그대로 배에 놓고 왼손으로 우산을 똑바로 집어 들었음. 우산 안쪽에 고인 비가 좌르르 얼굴에 떨어졌음. 쓰기 전에 우산을 좀 털었다면 더 좋았겠지만 상관없음. 다시 집을 향해 걸었음. 아까 떠올렸던 리스트를 수첩에 꼼꼼히 옮겨 적었음.

1. 연에게 물어볼 것 : 너 사실 피곤하지 않았지? 연락 방법— 전화, 찾아가기

2. A에게 물어볼 것 : 재회하고 나서 차에서 섹스가 끝나고 정리하기 위해 불을 켰을 때 내 코에는 뽈만 한 여드름이, 화장이 지워

져서 빨갛게 도드라져 있어서 내가 봐도 매우 못생겨 보였는데 그래서 그 이후에 나에게 연락이 없었니? 그런데 애초에 우린 헤어지자고 한 적이 없으니까, 10년이 지난 지금도 사실 그 관계가 유지되고 있다고 생각하지 않니? 난 가끔 그렇게 생각하는데. 연락 방법- 모름.

3. B에게 물어볼 것 : 넌 나를 위해 죽을 수도 있다고 말했는데 지금도 유효한 거니? 그때 왜 진짜로 죽지 않았니? 연락 방법- 모름.

4. …

나는 배를 만지던 손으로 휴대폰의 연락처를 살펴보다가, 저장되어 있지 않은 번호를 천천히 눌렀음. 제이의 전화번호였음. 제이는 고등학교 때부터 쓰던 전화번호를 한 번도 바꾸지 않았음.

'여보세요' 하는 멍청한 말로 입을 떼지 않겠다고 생각했음. 그냥 몇 분간 숨죽여 제이가 하는 말을 듣고만 있거나, 아주 실없는 농담 같은 것을 하려고 했음.

제이의 응답은 아주 빨랐음. 연결음이 순식간에 사라졌음. 내 주위를 샅샅이 짚어내고 있는 것 같은 잡음이 들릴 때 당황해버린 것임. 그래서 그만 "여보세요"라고 해버림.

에쎔플한썰푼다

뻔뻔하게도 제이에게 아무렇지 않게 전화를 걸지만, 사실 제이가 내 전화를 받지 않을 수도 있다고 생각했음. 마지막 만남에서 내가 개호구 취급했기 때문임. 나는 내 번호가 뜬 핸드폰 화면에 대고 제이가 가운뎃손가락을 치켜세우는 장면을 잠깐 상상했음. 내가 제이라면 쌍욕하면서 집어던졌을 거임.

제이는 늘 그랬듯 내 전화를 기다리고 있던 사람처럼 금방 답했음. 목소리는 심지어 경쾌했음.

"여보세요?"

하지만 나는 제이의 목소리를 듣자마자 후회가 되었음. 그 익숙함이 반갑기보다 지루했음. 그냥 전화를 끊어버리고 싶었음. 제이가 전화를 받지 않지 않은 것을 원망했음. 제이와 마지막으로 연락한 지는 1년도 더 전의 일임. 하지만 제이가 전화를 받은 순간 둘의 관계는 완전히 끝장이 났구나 생각했음.

"대체 왜 전화를 받은 거야?"

나는 목소리를 조금 깔고 말했음. 무슨 일인지 제이는 크게 웃었음. 대체 뭐가 웃겨서 웃는 건지 모르겠지만 그래도 제이의 웃음소리를 들으니 왠지 모르게 안심이 되었음. 일생 마지막일지 모르는 제이와의 통화를 계속 화를 내며 할 수는 없었음. 이 마지막 통화를 10년 뒤에 떠올릴 때, 제이에게나 나에게나 씁쓸한 일로 만들기는 싫었음.

'제이에게나'라고 말했지만, 솔직히 제이를 걱정해서라 기보다 내 감정에 충실한 것뿐임. 만약 10년 뒤 제이와 내가 10년 전 오늘을 다시 떠올린다면, 콕 집어 말할 수 없는 가슴께 어딘가 오목하게 파인 부분이 다시 솟아오르는 기분임. 그 기분은 슬프면서도 애틋해서 마치 현재 나라는 존재를 아름답게 만들어줄 것 같음. 그래서 다시 시작되는 나의 10년 후를 위해서라도 제이와 최후의 통화를 근사하게 해야 했음.

"집이랑 점점 가까워지고 있어."

나는 말했음.

"우리 집 말이야?"

제이는 되물었음.

나는 '물론 아니지'라는 대답 대신에 "너는 나무야?" 하고 물었음. 제이는 무슨 뜻인지도 모르면서 되묻지 않고 가만히 있었음. 나는 그 침묵이 뻔뻔하게 느껴졌음. 제이는 너무 멍청한 것 같았음. 그래서 나도 모르게 사납게 덧붙였음.

"너는 아마 영원히 이게 무슨 뜻인지 모를 거야."

제이는 짧게 웃었지만 여전히 되묻지는 않았음. 대신 제이가 물었음.

"너는 너야?"

나는 다시 물었음.

"우리는 왜 질문만 하고 대답은 안 해?"

꽤 긴 침묵이 흘렀음.

먼저 입을 뗀 것은 제이였음.

"뭐해?"

마치 영어 교과서의 본문 "하우 아 유?"를 읽는 투로 들렸음. 내가 무슨 대답을 한대도 그의 입에서는 반사적으로 "아임 파인, 땡큐"가 나오듯 "아, 그렇구나" 하고 말할 것이 분명했음. 나는 기분이 상했음. 내가 다시 쏘아붙였음.

"이래서 보장되겠어?"

제이는 그 말이 무슨 뜻이냐고 물었음. 내가 계속 아무런 대답을 않자 제이가 말했음.

"전화 끊을까?"

세 번째 침묵을 기점으로 제이는 갑자기 내게 안달 나지 않은 것 같았음. 나는 제이의 질문에 대답을 하지 않고 물었음.

"어디야?"

"이 시간에 어디겠어?"

"만날래?"

"지금?"

제이의 되물음에 약간 충격 받았음. 제이는 내가 만나고 싶으면 언제나 만날 수 있는 사람이었음. 여태 되물음 따위는 없었음. 특히 "지금?"이라는 말은 늘 내가 하는 답이었음. 나는 안달이 나서 물었음.

"안 돼?"

제이의 대사를 내가 또 하고 있었음. 제이는 대답이 없었음. 나는 제이가 보고 싶어서 미칠 지경이었음. 나는 다시 물었음.

"못 나와?"

"네가 우리 집 앞으로 올 거야?"

이제 제이는 내 흉내까지 아주 잘 내었음. 이곳에서 택시를 타면 제이의 집까지 20분이면 충분했음.

"20분쯤 후에 나올 수 있어?"

이 물음이 얼마나 비굴해야 나올 수 있는 말인지 깨달았음. 이 대화의 마지막 질문은 통닭집 아들인 제이가 했음.

"통닭 먹을래?"

에쎔플한썰푼다

나는 아주 배가 고팠지만 괜찮다고 했음.

다행히 제이의 집 쪽엔 비가 오지 않았음. 건방지게도 제이는 택시를 타고 온 나를 마중 나오지 않았음. 집 앞에도 없었음. 기분이 상하면서도 한편으로 마구 뛰는 가슴이 무엇 때문인지 확실히 알 수는 없었음. 나는 택시에서 내려 제이의 집 대문 건너편의 가로수 뒤로 가 몸을 숨겼음. 제이의 집 대문이 열리고 제이가 나왔음. 가로등 불 아래 선 제이의 얼굴은 왠지 출하된 지 5~6일 쯤은 지난 생선 같이 보였음. 그 얼굴을 보니 긴장이 풀렸음.

"제이."

제이를 불렀음. 제이가 내 쪽으로 돌아보았음. 제이는 검은 봉지를 들고 있었음. 분명히 통닭임. 나는 제이의 손을 내 아랫배에 갖다 댔음. '너는 역시 내가 아니면 안 돼'라고 생각했음. 제이가 물었음.

"배 아파?"

나는 제이의 눈을 바라보면서 그대로 있었음. 제이는 걱정스러운 목소리로 물었음.

"무슨 일 있어?"

내가 대답하기도 전에 제이는 또다시 물었음.

"가방에 뭐가 그렇게 많이 들었어?"

제이는 왜 이렇게 궁금한 게 많음? 내가 대답했음.

"사랑들."

제이는 내 말을 안 듣고 있는 것 같았음. 제이는 한번 한숨을 내쉬고는 곧이어 말했음.

"나 결혼할 것 같아."

나는 귀에 누가 불이라도 가져다 댄 듯했음. 돌연히 제이에 대한 애정이 마구 솟았음. 제이를 절대로 놓칠 수 없다고 생각했음.

"절대 안 돼."

나는 말했음.

"왜?"

제이가 물었음.

"사랑해."

나는 대답했음.

"그럼 나랑 결혼할래?"

제이가 물었음. 나는 아까의 나무가 떠올랐음. 그때 했던 생각의 틀린 점을 찾아냈음. 말하지 않아도 눈빛으로 마음이 그대로 투영되는 사람이 있음. 원본을 들키는 사람. 원본을 볼 수 있는 사람. 하지만 막상 그 꼴을 보니 추하기 그지없었음.

에쎔플한썰푼다

"너무 좋아."

내가 대답했음. 나는 제이를 꽉 안은 다음에 놓아주고 뒤도 안 돌아보고 걸었음. 제이가 나에게 주려고 가지고 나온 통닭은 어떻게 됐을지만 궁금했음.

몸은 다 젖었는데 우산을 쓰고 집으로 걸었음. 시간은 늦어서 차고지에서 우리 집 방면으로 가는 버스는 없었음. 쓰레기통이 보였음. 버스 정류장에 있는 쓰레기통. 가방 때문에 어깨는 떨어져 나갈 것 같았음. 나는 가방에 손을 넣어 윤활유를 꺼내서 쓰레기통에 버렸음. 막상 버리고 나니 아까웠음. 여러 쓸모에 대해 생각이 났음. 다시 쓰레기통에 손을 뻗었음. 깊이가 꽤 깊어서 닿지 않았음.

문득 생각했음. 나의 가능성들은 모두 죽지 않고 잘 있구나. 가능성들만큼 끝없이 갈라지는 우주와 그 속에 내가 있음. 나는 하필 이 버려지 같은 우주의 나일 뿐인 것임.

다시 제이에게 전화를 걸어 말했음.

"사랑해."

만약 내가 아기가 생긴다면 누구에게 연락할지 생각해 봤음.

"아까 했던 말 진심이야?"

제이가 물었음.

"그럼, 당연하지."

내가 대답했음. 제이는 가만히 있다가 이윽고 감격한 듯 말했음.

"나도 정말 사랑해."

나는 제이가 나의 가방 속에서 영원히 살 것처럼 느껴졌음. 다음 날부터 제이의 전화는 받지 않았음. 연에게 연락은 없었음.

나는 '아기가 생긴다면 연에게 말해야지' 하고 다짐했음. 며칠 후 제이의 청첩장이 도착했음. 청첩장을 가방 속 로프 옆에 넣었음. 가방의 균형이 아주 잠깐 맞았음.

에쎔플한썰푼다

로프와
하품

막상 묶어놓고 보니 보기 흉하다. 3분카레 겉면에 적혀 있는 "실제 제품은 사진과 다를 수 있습니다"라는 문구가 떠오른다. 아름답게 묶기기에 이 여자애는 충분히 유연하지 않다. 로프도 적당히 길지 않다. 또 끈 묶는 법이 미숙해서 자꾸 풀어진다. 이 여자애를 만나기 전에 로프를 먼저 준비해서 뭐라도 묶어봤어야 했는데. 베개라도….

아니야, 그런 문제가 아니다.

며칠 전 통화에서, 여자애한테 로프를 준비하라고 하자 괴상한 소리를 내서 전화기에서 귀를 뗄 수밖에 없었다. '조심해서' 진행할 거라고 했더니 '조신한 섹스'라고? 되물으면서 웃었다. 다시 전화기에서 귀를 뗄 수밖에 없었다. 벌써 흥분한 것 같은 이 여자애한테 '나는 원래 이런 사람이 아니'라고 말하며 진정시키려고 했는데 도무지 정신을 차릴 생각을 안 했다.

내 이름은 '연'이 아니다. 그런데도 이 여자애는 자꾸 나를 '연'이라고 부른다. 그 편이 멋있다나. 그럼 내 원래 이름은 멋지지 않다는 말인가. 두어 번 연이라고 불렀을 때 대답을 하지 않아봤는데 더 큰 소리로 그 이름을 불러대서 그냥 지 편한 대로 하게 놔뒀다.

언뜻 보니 공부하다 왔는지 책가방 안에 웬 두꺼운 책이 하나 있었다. 두껍고 쓸데없는 책 따위는 왜 챙겨온 것인지 모르겠다.

이틀 동안 우리 집은 비어 있다. 모텔에서 계속 있을까도 생각했지만, 아무래도 텔 값이 아까워서 나머지 1박 2일은 집에서 이 여자애랑 섹스하려고 했다. 여자애한테도 단단히 말해놓았다. 2박 3일 동안 우리는 함께여야 한다고, 꽤 로맨틱하게 말했지만 그냥 여자가 내빼는 것이 싫었다.

그런데 아침에 눈을 떴을 때 여자친구가 보고 싶었다. 만약 비어 있는 우리 집에 사람을 데려가야 한다면 여자친구를 데리고 가고 싶었다. 나는 잠든 척했지만 사실 밤을 홀딱 샜다. 핸드폰이 방전될 때까지 밤새 들여다보고 있었다.

여자애는 코를 골다가 7시에 알람을 맞춰뒀는지 알람을 듣고 일어난다. 나는 난감한 척을 한다. 집에 전화해서 누가 있는지 없는지 확인해봐야 하는데, 그럴 수가 없다고만 말했다. 그러니 빨리 그냥 너네 집으로 가, 까지 이야기할 필요가 없다. 눈치를 줄 땐 모든 것을 설명할 필요가 없기 때문이다.

눈치 없는 여자애가 자기 핸드폰을 건네줄까 봐 심장이 떨린다. 다행히 그렇게 하지 않는다. 오히려 자기가 먼저 자신의 집으로 돌아가겠다고 한다. 하지만 내가 먼저 같이 오랫동안 시간을 보내자고 했기 때문에 이 상황이 이상하다는 것은 내가 더 잘 알고 있다. 당장 뭐라고 대답하기도 애매하다.

그렇다고 남은 1박 2일 동안 그 로프를 감으며 보내기는 정말 싫다. 그게 종이였다면 갈기갈기 찢어버렸을 것이다. 여자애는 기분이 상한 것 같다. 풍선에서 바람 빠지는 소리를 작게 반복해서 내고 있다. 대꾸조차 없는 똑같은 말을 계속하자니 여자애도 지쳤는지 날씨 타령을 한다.

나는 창밖을 내다본다. 여자애는 자기는 정말 자신의 집으로 가도 괜찮다고 또 말한다. 그럼 쟤는 무엇을 기다리는 걸까? 빨리 옷 입고 짐 챙겨서 나가지 않고? 내가 움직이지 않으면 이곳에 영원히 갇혀버릴 것 같아 옷을 입으며 말한다.

"오늘 정말 춥겠네. 그래, 네 말대로 집에 가야겠다."

내 말을 들은 여자애는 이상한 표정을 짓는다. 자기가 하자는 대로 너는 너의 집으로, 나는 나의 집으로 가자고 하는데 뭐가 불만인 것인지 알 수 없다. 나는 여자애에게 그럼 그 짓을 며칠 동안이나 반복하자는 말이냐고 묻고 싶다. 맞다, 우리가 그렇게 하고 싶었던 섹스는 이미 나에게는 '그 짓'에 불과하다. 아, 난 삼계탕을 먹으러 가고 싶다고!

사실 이러한 행위를 여자친구에게 먼저 시도해보지 않은 것은 아니다. 살짝 간을 보는 기분으로 여자친구에게 먼저 안대를 씌워봤다. 여기까지는 괜찮았다. 하지만 내가 원하는 것은 로프로 단정히 묶여 있는 육체를 보는 것이었다.

여자친구에게 본디지라는 것을 살짝 언급하자 그녀는 곧 인상을 찌푸렸다. 그녀가 눈썹 사이를 구기려고 하자 나는 반사적으로 말했다.

"아니, 세상에는 그런 변태 같은 걸 좋아하는 사람도 있나봐? 참 신기하지? 하여간 모를 세상이야."

내 입은 가만히 있지 못했다.

"눈을 가리는 정도가 딱 좋은 것 같아."

　　　　　　　　　　　로프와 하품

여자친구는 고개를 끄덕였지만 시선을 핸드폰에 두고 있었다.

"아무튼, 오빠, 내가 어제 인스타에서 봤는데 여기 주변에 예쁜 카페 생겼대. 좀 비싸긴 한데 엄마가 용돈 준 거 있어. 한번 가보자."

당신 주위에도 이런 사람이 있을 것이다. 자기가 하고 싶은 말이 있을 때는 맥락이고 뭐고 전혀 신경 쓰지 않는 년. 나는 생각했다. 네년 엄마 아빠에게 돈이 많은 걸 고마워 하라고.

나는 이렇게 자기 생각만 하는 여자친구와 같은 사람을 한 명 더 알고 있다.

우리 삼촌.

어린 시절 나는 삼촌이랑 오래 살았다. 엄마 아빠와 살던 때와는 모든 것이 반대였다. 정확히 모든 것이 내 마음대로였다. 나는 중학생이었다. 라면을 먹고 싶으면 365일 라면을 먹어도 됐다. 학교 가기 싫으면 안 가면 되었고, 집에 들어가기 싫으면 며칠을 들어가지 않아도 되었다. 정말로 집에서 며칠 만에 보아도 삼촌은 나에게 아무것도 묻지 않았다. 아마 내가 실종된다고 해도 몇 개월이 지나서

야 신고할 것이었다. 하지만 본인이 나에게 하고 싶은 말
이 있다면, 지구 끝까지도 찾아올 사람이었다.

한번은 이런 일이 있었다. 내가 친구 집에서 술을 마시
고 있을 때였다. 삼촌은 내가 있는 곳을 어떻게든 찾아냈
다. 미성년자들이 모여 술을 빨고 있는 것 따위는 안중에
도 없다는 듯이 한마디했다.

"너 맥스 밥 줬냐?"

그런 삼촌에게 맡겨져 처음 자던 날, 그는 얼굴은 쳐다
보지도 않고 말했다.

"나는 너에게 신경 쓸 시간이 없다."

그러고는 자기 방문을 닫았다. 집 밖에서는 개 짖는 소
리가 났다.

나는 아무래도 상관없었다. 중학생이었지만 키도 크고
몸집도 있어서 아무도 나에게 함부로 하지 못했다. 남자아
이들의 본능적인 서열 싸움에서 나는 항상 꼭대기에 있었
다. 말을 할 필요도 없었다. 아니, 내가 뭘 할 필요도 없었
다. 쉬는 시간이 되면 아무 말도 하지 않았지만 애들이 날
중심에 두고 이야기를 했다.

애들은 가족을 도마 위에 올려놓고 욕할 때가 많았다.
자기 부모를 심하게 욕할수록 남자다움을 결정한다는 듯

일부러 더욱 소리 높여 내 앞에서 이야기하곤 했다. 웃기는 것은 누가 맞장구 친답시고 같이 욕을 해주면 그때부터 싸움이 났다. 싸우는 걸 보는 건 언제나 재미있기 때문에 나는 상관하지 않았다.

하지만 내가 보기에, 자기 부모 흉을 본 이유가 그 애를 사랑해서 한 행동 때문이라고 판단되었을 때, 나는 그 애를 죽도록 팼다. 그런 애들은 단지 부모를 깎아내리면서 불량스럽게 보이고 싶을 뿐이다. 진짜로 불량한 애들은 자기 엄마 대신 남의 엄마 욕을 한다. 내가 그렇게 비겁한 것들의 코피를 터트리고 나면 삼촌은 학교에 불려왔다. 삼촌은 아무 말 없이 나를 데리고 집으로 왔다. 집에 와서도 아무 말도 하지 않았다.

삼촌은 나보다 맥스에게 말을 더 많이 걸었다. 맥스는 셰퍼트다. 나는 맥스를 좋아하지 않았다. 맥스는 얼굴과 등 일부가 검었으나, 눈빛만은 밝은 갈색으로 빛났다. 맥스는 나를 보면 긴 혀를 빼 물고 고개를 위로 들어올린 채 맹렬하게 짖었다.

맥스가 입가에 거품을 가득 물고 짖어대는 집요하고도 질긴 소리가 싫었다. 삼촌은 맥스를 안정시키려고 하지도 않았다. 그냥 짖게 놔두었단 말이다.

나는 삼촌이 맥스를 훈련시키는 것을 빼놓지 않고 구경했다. 사람인 나에게는 신경도 쓰지 않는 삼촌이 개를 훈련시키는 것에는 열심이었다. 그 모습을 지켜보는 건 꽤 흥미로웠다.

삼촌은 늘 맥스를 훈련시키면서 말했다.

"이놈이 내 말을 들을 때가 제일 예뻐."

처음에는 그 말 뜻을 이해하지 못했다. 명령에 기계적으로 꼬리를 내리고 제자리에 앉는 맥스를 바라보며, 저 모습이 왜 그렇게 마음에 드는 것인지 궁금했다. 그러나 삼촌이 지친 얼굴로 집에 돌아온 날, 그 의미를 어렴풋이 알 수 있었다. 삼촌은 나를 쳐다보지도 않고 맥스를 향해 단호하게 외쳤다.

"앉아!"

맥스는 그 목소리의 울림이 사라지기도 전에 등을 곧게 펴고, 근육을 팽팽하게 긴장시킨 채 자리에 앉았다. 이번에는 목줄이 삼촌의 손끝에서 가볍게 당겨지며 맥스의 목덜미를 조였다.

삼촌은 그 순간 미소를 지었다. 피곤과 짜증이 섞인 표정 속에서도 한순간 스쳐 지나간 옅은 미소만은 생기가 있고 상쾌했다. 복종하는 맥스의 몸짓은 단순히 동물이 주인

로프와 하품

을 따르는 행동이라기보다 마치 삼촌의 불안과 분노, 피로와 무력감을 흡수하는 분위기가 느껴졌다.

그때 삼촌은 짓궂게도 목줄을 자기 쪽으로 조금 더 당겼다. 그 때문에 맥스의 턱선이 더욱 날카롭게 드러났다. 입이 살짝 벌어지면서 안쪽의 붉은 잇몸이 보였다. 힘과 억압이 만들어낸 풍경이었다. 삼촌의 얼굴은 더할 나위 없이 평온해 보였다. 마치 맥스의 무게가 실린 얇은 목줄이 그의 혼란함을 단정하게 묶어주는 힘이라도 있는 것처럼 말이다. 어쩌면 사람은 자기 자신이 아닌 무언가를 통제할 수 있을 때 비로소 안정을 찾는 건지도 몰랐다.

맥스는 자신이 원하는 대로 움직이지 못했지만, 분명히 육체 안에서 무언가가 꿈틀거리고 있었다. 그 장면을 오래도록 바라봤다. 앞가슴에 조여진 하네스와 팽팽한 목줄, 긴장된 근육과 평소보다 빨리 부풀었다 줄어들기를 반복하는 배….

나는 처음으로 맥스의 육체를 쓰다듬고 싶은 욕망이 솟구쳤다. 내 손을 감싸는 열기와 탄력을 상상했다. 때로 어떤 아름다움은 자유가 아닌 억눌림에서 잉태된다. 그것은 어떤 식으로든 맥스를 바꾸어놨을 것이다.

그날 이후 나는 맥스의 눈빛을 자세히 들여다봤다. 그

눈 속에는 다정함이나 사랑보다 복종의 빛이 서려 있었다. 맥스의 눈을 바라보았을 때 나는 '통제는 사랑일 수 없다'는 사실을 깨달았다. 하지만 이상하게도 그 장면이 아름다웠다. 통제가 사랑이 아닌 것이 중요할까? 사랑이 아닌 것도 아름다울 수 있다.

나는 가끔 삼촌이 잠든 뒤 맥스의 하네스를 몰래 내 방으로 가지고 와 찬찬히 들여다보곤 했다.

그런 밤이면 억눌림이 만들어내는 팽팽한 줄과, 조임의 흔적 같은 것들이 머릿속에 어지러이 떠올랐다. 마치 그것들은 결코 나누어질 수 없는 하나의 사물처럼 균형을 이루는 듯했다. 이 아름다움은 맥스에게만 느낄 수 있는 것이 아니었다. 어떤 물건이라도, 심지어 사람까지도 내 의지로 그들의 움직임에 제약을 줄 수 있다면 어디서든 발견될 것 같았다. 그러한 공상은 어렸을 때 했던 숨바꼭질을 떠올리게 했다. 그날의 숨바꼭질을 생각하면 그 상황이 현실인양 그때 그 시절 소년의 마음으로 변하고 만다.

그날, 들판에는 봄날의 꽃이 일제히 피어 있었다. 해가 지기까지는 시간이 조금 남아 있었다. 그날의 마지막 숨바꼭질이었다. 내가 술래였다. 나는 제일 먼저 여자애를 한

로프와 하품

명 잡았다. 그 애는 날쌔기로 유명했다. 그애가 어느 틈에 도망갈지 몰라 묶어놔야겠다고 생각했다. 나는 나무 기둥에 그 애의 양손을 묶었다. 발그레한 얼굴로 손이 묶인 채, 움직이지 못하는 그 애의 모습을 보고 있자니 내 배 속 내장을 누군가 손으로 크게 휘젓는 듯했다.

그 애는 매듭을 풀 생각도 하지 않았다. 조금만 힘을 주면 풀 수 있는 매듭을 풀지 않고 그 자리에 주저앉아 있었다. 나는 그 모습을 아주 오랫동안 보고 싶었다. 그 애 역시 자신의 그런 모습을 내게 보여주고 싶어 한다고 생각했다. 나는 그 애와 교차되고 멀어짐을 반복하며 내부 세계의 침범과 외부 세계의 침입을 허용했다. 하지만 곧 고개를 든 여자애는 퉁명스럽게 말했다.

"뭘 봐?"

그날 이후 같은 꿈을 계속 꾼다. 나는 술래가 되어 숲을 헤맨다. 수풀이 무릎까지 자라 있어서 다리가 간지럽다. 나는 어느 침엽수 아래 검은색 치맛자락을 발견한다. 그것은 바람에 살랑거리고 있다. 나를 피해 숨었지만 그 때문에 발견될 수밖에 없다니. 필연성이란 얼마나 아름다운 것인지! 나는 치맛자락이 슬며시 보이는 그 나무로 조심스럽

게 다가선다. 풀은 온통 쏟아지는 햇빛으로 인해 희게도
검게도 보인다. 순식간에 풀은 덩굴식물로 자란다. 나를
제외한 모든 것을 휘어감는다. 나는 치맛자락이 있던 나무
앞으로 간다. 검은색 치마와 갈색 셔츠를 입은 여자아이가
무언가에 엉겨 묶여 있다. 그 모습이 편안하고 아름다워
보인다. 나는 깨닫는다. 가장 거대한 매듭 위에 그 애가 묶
여 있다는 것을. 그 매듭은 바로 나무뿌리다.

나는 꿈에서 깬다. 그리고 팬티를 빤다.

내가 고등학생이 되어서도 삼촌은 다를 바 없이 나를
대했다. 나는 다른 녀석들처럼 담배를 피우기 위해 외진
곳을 찾아 헤매지 않아도 되었다. 내 방에서 담배를 피울
수 있었기 때문이다. 삼촌도 집에서 담배를 피우기 때문에
나에게 아무런 언급도 하지 않는 거라고 생각해 넘겼다.

한편으로는 삼촌이라면 미성년자 조카가 담배 피우는
것 자체를 말려야 하는 것 아닌가 생각했지만, 아웅다웅
싸움을 하지 않아 귀찮지 않으니 상관없었다.

삼촌은 내가 인터넷 도박을 하는 것을 알았던 것 같다.
하지만 나에게 가끔 "많이 벌었냐?"고 물어볼 뿐이었다.
특히 내가 특삼계탕을 자주 시켜 먹을 때 그랬다. 사실 나

는 닭을 별로 좋아하지 않는다. 그러나 삼촌은 내가 닭고기라면 사족을 못 쓴다고 생각할 것이다.

삼계탕을 자주 먹게 된 것에는 나름의 이유가 있다. 때는 중복이었다. 그날따라 인터넷 도박의 승률이 좋았다. 나는 삼계탕집에서 가장 비싼 메뉴로 시켜 먹기로 했다. 삼촌 집으로 들어온 이래 복날 보양식을 챙겨 먹은 것은 그날이 처음이었다.

배달 온 삼계탕 그릇 안에는 팔다리가 묶인 닭 한 마리가 있었다. 그래, 날개와 다리라고 해야 맞겠지. 하지만 그것은 명백히 팔과 다리로 보였다.

나는 그 미의 온도를 느꼈다. 닭의 팔다리를 정성스럽게 묶었을, 내가 모르는 누군가의 손과 그의 손톱이 떠올랐다. 팔과 다리가 교차되어 양각으로 엑스 자가 새겨진 모습이었다. 촉촉하고 부드러운 살이 실의 압력에 의해 찢기지 않을 정도로만 구부러져 있었고, 살 표면에는 윤기가 돌았다. 아름다웠다. 나는 닭의 팔과 다리를 풀지 않고 먹었다. 그렇게 할매삼계탕의 25,000원짜리 특삼계탕이 내가 제일 좋아하는 음식이 되었다.

삼촌은 시간이 지날수록 나에게 쉽게 감정을 드러냈다. 특히 삼촌이 나에게 화를 낼 때, 나는 기분이 좋았다. 그

감정이 나를 향해 똑바로 날아들 때, 잠시 내가 존재하는 것 같았다. 누군가의 불편함이 나로 인해 발생한다는 사실이 따뜻했다. 존재감이란 늘 누군가의 불편함과 맞닿아 있었고, 사랑은 거의 모든 순간 투명했다. 하지만 불편함은 그렇지 않다. 선명하고, 뚜렷하고, 흔적을 남긴다.

나는 삼촌이 더 자주 화를 내주었으면 했다. 이유 없는 분노로 가득 찬 하루도 괜찮았다. 꼭 나쁜 짓을 해야 혼나는 것이 아니라, 그냥 존재하기 때문에 혼날 수밖에 없는 것. 그것이 오히려 나를 더 분명하게 만들었다. 아무것도 하지 않아도 화를 일으킨다면, 그 자체가 '나'라는 것이 있다는 증거이지 않을까? 잘못이라는 건 어떤 행동보다, 단지 '있어버리는 것'에 더 가까운 말인지 모른다.

나는 어떤 기준을 가져본 적이 없고, 방향도 없었다. 그래서 삼촌의 화는 나에게는 일종의 좌표와 같았다. 누군가가 내게 화를 낸다는 건, 내가 그 사람의 세계 안에 있다는 뜻이니까 말이다. 말하자면 삼촌의 고함은 나를 쫓아내는 것이 아니라, 오히려 나를 자신의 질서 안으로 끌어당기는 것이었다. 통제는 밀어내는 힘이 아니라 붙들어매는 힘이었다. 그렇게 나는 사랑도, 미움도 결국은 통제의 방식이라는 것을 알게 되었다. 누군가를 사랑하는 건 그를 놓지

로프와 하품

않는 일이었고, 누군가를 미워하는 건 그를 놓을 수 없는
일이었다.

나는 맥스를 훈련시키며 웃던 삼촌의 얼굴을 떠올렸다.
그 표정은 사랑도 아니고 미움도 아니었다. 조용한 안정감
이었다. 나도 그런 표정을 짓고 싶었다. 그래서 생각만 했
던 것을 직접 해보기로 했다. 삼촌이 맥스를 조종하던 그
방식으로. 뭔가를, 누군가를, 내 손으로 말이다.

나는 연필 같은 것을 한 손에 모아 고무줄이 터질 때까
지 묶기도 했다. 인형 뽑기에서 뽑아온 인형의 손발을 교
복 넥타이와 허리띠로 묶기도 했다. 삼촌의 코 고는 소리
가 들리면 옷장 깊숙이 숨겨둔 맥스의 가죽 하네스를 꺼내
보곤 했다. 하지만 이러한 충동이 곧 사람에게도 향하게
될 거라는 것은 나조차 잘 알지 못했다.

학교 점심시간이 끝날 무렵이었다. 수업 준비를 하기에
는 어수선했고 본격적으로 다른 짓을 하기에는 시간이 모
자랐다. 나는 복도 끝 사물함 앞에서 친구와 함께 무료하
게 서 있었다. 나는 그 애가 셔츠에 흘린 케첩 자국을 보다
가 무심하게 말했다.

"야, 너 여기 들어갈 수 있을 것 같지 않아?"

별생각 없이 던진 말이었다. 사물함은 교과서나 체육복 따위나 담배를 숨겨놓는 철제 상자에 불과했다. 하지만 순간 내 음성의 파동이 마치 하얀 도화지에 함부로 떨어진 검은 물감의 흔적 같았다.

"한번 들어가봐."

나는 재촉하고 있었다. 어쩐지 입안이 말라붙는 느낌이었다. 친구는 웃으며 허리를 굽히고 사물함 안으로 몸을 구겨 넣었다. 금속이 삐걱거리는 소리가 났다. 몸을 비틀어 어깨를 끼워 맞추고, 무릎을 가슴 쪽으로 당겼다. 친구는 괴상한 소리를 내며 웃기 시작했다. 사물함과 그 애의 몸은 정확히 겹쳐 애초에 그렇게 생겨먹은 것처럼 보였다.

나는 문을 닫고 자물쇠를 걸었다.

자물쇠가 잠기는 소리가 작게 났다. 그 소리는 다시 내 머릿속에서 아주 천천히 재생되고 있었다. 그러니까 정말 사소한, 그러나 돌이킬 수 없는 무언가를 제대로 완성한 기분이었다.

"미친놈아, 문을 왜 닫아?"

친구의 목소리가 철제 문 너머로 들려왔다. 웃음기가 섞여 있었다. 나는 대답하지 않았다. 대답을 할 이유도 없었다. 가만히 서 있었다. 친구가 안에서 사물함 문을 두드

로프와 하품

렸다. 쿵쿵거리는 소리가 내 심장을 두드렸다.

"이 새끼야, 잠겼어? 개웃기네. 야. 씨발아!"

나는 그 순간이 좋았다. 누군가가 나를 향해 문을 두드리고, 나는 그 문을 열지 않을 수 있다.

철제 문 너머로 친구의 숨소리가 들렸다. 나는 그 동물이 내는 소리를 들으며 잠깐 눈을 감았다. 사물함 안에서 살아 있는 게 꿈틀대고 있다는 사실이 나를 안정시켰다. 움직이지 못하는 무엇, 그러나 분명히 살아 있는 것. 나는 가만히 자물쇠에 손을 대었다. 차가운 감촉이 손 끝에 느껴졌다. 맥스의 하네스가 떠올랐다. 꼭 열어야 할까? 이대로 두면 그냥 안 되나? 하지만 나는 열었다.

사물함 문을 열자마자 친구가 나왔다. 얼굴이 벌갰다.

"뭐야, 재밌냐?"

친구는 투덜거리며 옷매무새를 정리했다. 입으로는 욕을 뱉었지만 겁먹은 눈을 하고 있었다. 나는 사물함 안의 빈 공간을 바라봤다. 그 안이 꽉 차 있을 때가 더 좋았다고 생각했다. 나는 맥스의 하네스를 꽉 잡아 끌듯이 주먹을 쥐었다.

고등학교를 졸업하자마자 취업을 했다. 같은 회사에 다

니던 여자와 사귀게 되었다. 지금의 여자친구다.

난 나의 맥스를 찾기로 했다. 내 손에 순순히 묶여 시종 끙끙거리며 불편함을 감수하는 몸과 마음을 확인한다면, 나는 그 누군가를 사랑하게 될 것 같았다.

사실 이 여자애랑 연락을 하게 된 것도 우연한 일이었다. 나는 나의 판타지를 어떻게든 실현할 계획을 세우고 있었다. 그 방법은 전혀 찾지 못하고 있었을 때, 페이스북의 알 수도 있는 친구 리스트에 그 여자애가 떴다. 나는 놀랐다. 고등학교 때 우리는 조금 가깝게 지내다가 어색하게 멀어졌다. 우리는 같은 학원에 다녔다. 학교도 아니고 학원에서 같은 반이니, 말을 나눌 이유도 없고 필요도 없었다.

어쩌다 한두 마디 나눌 때면, 그 여자애의 말투가 어딘가 건조하다고 느꼈지만 오히려 난 그 편이 편했다. 그러다 내가 학원을 그만두면서 관계가 이어지지 않았다. 그런데 알 수도 있는 친구 리스트에 떴다는 것은 이 여자애가 페이스북에서 나를 검색했다는 의미일 수도 있기 때문에, 친구 요청 버튼을 눌렀다. 그 애는 바로 친구 요청을 수락했다.

메신저 창을 열고 무슨 말을 건넬까 잠시 고민했다. 흔

로프와 하품

한 인사말을 치고 지우기를 몇 번 반복했다. 오랜만에 말을 거는 거니까 존댓말을 써야 하나? 하고 고민했다. 결국 어색한 질문을 보냈다.

"오랜만입니다. 저 기억하시나요?"

화면 속에 작은 점 세 개가 깜빡이는 동안 손바닥에 땀이 났다. 별로 친하지도 않았는데 이렇게까지 긴장하는 게 좀 웃겼다.

"기억하지. 너 학원에서 대답하다가 갑자기 화장실 갔잖아."

메시지를 읽자마자 얼굴이 화끈거렸다. 나는 고등학교 때부터 과민성대장증후군으로 고생했다. 그것들은 수시로 내 몸에서 배출되기를 원했다. 특히 수업시간에 내가 발표하거나, 선생님의 질문에 대답하거나, 좋아하는 여자애 앞에 있을 때 더 그랬다. 여간 치사한 병이 아닐 수 없다. 생각해보아라. 가장 중요하다고 생각될 만한 순간에 배 속에서 폭죽이 터지는 것 같이 아프고, 무언가를 폭죽처럼 싸대야 한다는 것은 전 생애에 있어 아주 큰 패널티를 안고 사는 것과 같다. 그래서 하늘을 날며 똥을 싸는 새의 심정을 어느 정도 이해할 수 있다.

과민성대장증후군 때문에 고등학교 내내 고생하던 내

가, 수업 도중에 허겁지겁 학원 교실을 나가던 모습을 떠올렸을 그 애를 생각하니 말문이 막혔다. 그러나 그 애의 대답 뒤에 붙은 "그땐 좀 웃겼어"라는 농담이 의외로 날 편안하게 만들었다. 그 말투는 나를 비웃으려는 의도보다, 오히려 과거의 일을 가볍게 환기시켜 긴장을 풀게 하려는 의도 같았기 때문이다.

그렇게 대화는 시작되었다. 학생 시절의 이야기를 주제로 삼아 몇 마디를 주고받던 대화는, 점점 미묘한 방향으로 흘렀다.

"넌 남자 치고 너무 조심스러워. 재미없어."

아무렇게나 던져진 그 애의 말은 내 신경을 긁으면서도 흥미로웠다. 평소에 하지 않는 말을 끌어내는 그 애에게 끌렸다. 그 애가 나에게서 무엇을, 어디까지 꺼내게 할 수 있을지 궁금했다.

그 애는 가끔 1인칭 시점에서는 알 수 없는 질문을 꺼내곤 했다.

"넌 연애할 때 지루한 사람은 아니지?"

나는 그 질문에 잠깐 멈칫했다. 대답하기가 애매했다. "지루하다"는 단어를 어떻게 받아들여야 할지 몰라 적당히 웃어넘기려고 했다.

로프와 하품

"그건 상대가 평가하는 거지, 내가 뭐라 할 순 없는 거 아냐?"

그 애는 대답을 기다렸다는 듯 답장이 빨랐다.

"그럼 말해봐, 뭐 재밌는 거라도 해본 적 있어?"

아무래도 그 애는 평소에는 하지 않을 법한 말을 하는 것처럼 보였지만, 그 말투가 놀랍도록 자연스러웠다. 나는 반사적으로 얼버무렸다.

"뭐, 나름대로는."

그 애는 그 순간을 놓치지 않았다.

"나름대로는? 그럼 내가 상상할 만한 거야, 아니면 더 특별해?"

내가 대답하지 않자, 그애가 재차 물었다.

"너, 말 안 하는 거 보니까 숨기고 있는 거 있지? 그럼 네가 생각하는 재미있는 건 뭐야?"

평소엔 절대 남에게 하지 않을 법한 얘기들이 그 애와의 대화에서는 자연스럽게 흘러나왔다. 특히 그 애의 태도는 단순히 나를 희롱하려는 것보다 나에 대해 진심으로 궁금해 하는 것 같았다. 그것은 내가 최소한으로 품고 있던 경계심마저 녹여버렸다.

긴장이 풀리는 동시에, 이 대화가 더욱 위험하게 흘러

가고 있다는 경고음이 들리는 듯했다. 나는 일부러 바보같이 말했다.

"요즘은 지뢰 찾기가 그렇게 재밌더라."

점 세 개는 뜨지도 않았다. 그 애는 대답할 거리도 찾지 못하고 있던 것이다.

"그런 거 말고."

"그런 거 말고 어떤 거?"

"빨리는 거 좋아해?"

나는 키보드에서 손을 떼고 채팅창을 오랫동안 바라보았다. 모니터에서 마치 오래된 유물을 찾은 듯한 기분이었다. 내가 되물었다.

"묶이는 거 좋아해?"

"ㅋㅋㅋㅋㅋㅋㅋㅋㅋㅋㅋㅋㅋㅋㅋㅋㅋㅋㅋㅋㅋ"

"진심으로."

"한 번도 묶여보지 않아서 좋아하는지 싫어하는지 알 수 없어."

"나도 한 번도 묶어보지는 않았어. 사람은."

"사람은?"

"다른 비슷한 건 해봤지. 꼬맹아."

나는 뭔가 민망한 상황일 때 상대방을 놀리는 습관이

있다.

"우리 만나. 만나서 섹스 탐험을 떠나보자."

"좋아."

우리는 그렇게 만나게 되었다. 나는 그 애를 만나기로 약속한 순간부터, 오로지 여자애가 묶였을 때 어떤 표정을 지을지 상상했다. 나는 공포와 호기심의 경계에 놓인 채 붉어진 흰자위와 빛을 잃어 총기라고는 찾아볼 수 없는 눈동자 같은 것들, 그리고 불규칙한 숨결이나 움찔거리는 근육과 같은 변화들이 로프에 의해 가지런히 정렬되는 모습을 떠올렸다. 팽팽하게 묶인 끈 아래에서 흐르는 피와 얇고 연한 피부 아래로 움직이는 혈관의 움직임, 미세한 경련이 아주 선명하게 떠올랐다. 그럴 때마다 허벅지의 털이 모조리 섰다.

그 상상 끝에는 여자애가 더 이상 스스로 움직일 수 없을 때, 나만이 그 애를 움직이게 할 수 있는 유일한 힘이 되는 장면이 떠올랐다. 그것이 나를 미치도록 흥분시켰다. 매듭을 단단히 조이고 나면, 그 끈을 타고 느껴지는 그 애의 빨라진 호흡은 나만을 위한 리듬이며 찬양일 것이었다. 이렇게 생각하고 나면 어떤 종류의 어지러움과 함께, 털

말고도 다른 감각이 바짝 일어섰다.

　나는 사면이 거울로 된 모텔 룸을 예약했다. 어떤 각도
도 놓칠 수 없었다. 그 아름다움은 도처에서 빛을 발할 것
이었다. 하나도 빠짐없이.

　오늘, 여자애는 순순히 침대에 엎드려 누웠다. 사방이
거울로 세팅된 모텔 방 한가운데에서 나는 그 모습을 하염
없이 바라보고 있었다. 그리하여 그 애의 뒷모습은 나의
그림자로 뒤덮인 것이다. 나는 이제부터 인생이 시작된 것
은 아닌가하는 조금은 비현실적인 기분이 들었다.

　이윽고 여자애의 팔을 잡아 팔꿈치를 구부리게 한 후,
양쪽 손목을 묶었다. 손에서 땀이 났다. 여자애의 손목을
감은 로프는 피부를 압박하여 분홍색 자국을 남겼지만, 그
건 가벼운 흔적이었다. 다시 한 번 로프를 감아본다. 로프
가 흰 피부 아래로 파고 들어, 뼈와 근육까지 단단히 감싸
도록 만들고 싶다.

　그런데 어째서 이처럼 흉한 걸까?

　"좀 아프다."

　여자애가 말한다. 여자애를 쳐다봤다.

　'빛을 잃은 눈동자여, 내게 나타나렴.'

　　　　　　　　　　　　　　　　로프와 하품

그러나 그 애는 반짝반짝한 눈으로 다시 한 번 말한다.

"아프다고."

진짜 참을 수 없을 만큼 아픈 게 아니라, 단순히 상황을 지적하는 말투다. 게다가 얼굴을 보니 그다지 불편해 보이지도 않는다. 두려움도 보이지 않는다. 나는 그 표정이 싫다. 그 얼굴을 통해 나 자신을 정확히 알게 되었다.

나는 아무것도 아니었다. 사방의 거울은 그녀만 비추는 것이 아니라 나를 조각내고 있다. 천장, 네 면의 벽, 침대 발치에 비스듬히 놓인 거울 틈 사이로, 내가 여러 조각이 되어 나를 바라보고 있었다. 그 모자이크 속에는 삼촌과 맥스도 있다.

거울에 비친 그 애의 시선을 보았다. 그 애는 무엇인가 계산하는 듯했다. 그 순간 이 모든 게 그 애에게 연극일 수 있겠다는 두려움을 느꼈다. 나는 잠깐 동작을 멈춘다.

그때 여자애의 콧구멍이 넓어지더니, 입이 잠깐 벌어졌다가 다물어진다. 눈가에 눈물이 맺힌다. 순간 나는, 나의 가장 오랜 욕망이 단 한 번의 무의식적 근육 반사로 붕괴되는 소리를 들었다.

"하—암."

하품? 천장에 붙은 거울에도, 벽 사면에 붙은 거울에도 전방위적인 하품이다. 하나도 빠짐없이. 내가 기다린 모든 것들이 그녀에게는 그냥 '하품'이었다니. 하─품!

아아, 나는 어느 깊은 구멍 속으로 가라앉다가 시간의 궤도를 따라 육신이 길게 늘어나고 점점 가느다란 선처럼 되어 아무 면에도 속하지 않게 되어 아무에게도 내가 보이지 않기를 바란다.

눈물을 닦고 여자애가 일어섰다. 허리를 숙이고 양손을 뒤로 한 채 거침없이 스스로 매듭을 만든다.

"이렇게 묶으면 더 좋지 않을까?"

아무것도 아닌 나는 심지어 이 여자애에게 묶임을 당하고 있다! 천장과 벽과 모든 거울에는 나에게 면제된 통제가 비춰지고 있다. 다시금 혼란스럽다. 여자애 손에 있는 로프는 내 손에 있던 로프가 아닌 것 같다. 그것은 조금 더 두껍고 길어 보인다. 아아, 나는 본디지의 정보만을 통달한 사람인 것이다. 나의 욕망은 애초부터 이 여자애의 리허설 속에서만 존재하던 것은 아닌가.

나는 그 애의 손목에 묶인 로프를 풀어서 바닥에 던진다. 매듭은 이미 풀려버려 마치 처음부터 묶인 적도 없는 것 같다. 침대 가에는 쓰지도 못한 찢어진 콘돔 포장지가 나뒹굴고 있다. 여자애는 로프의 끝자락을 슬쩍 건드렸다

로프와 하품

가 이내 이불을 덮고 천장을 보고 눕는다. 남겨진 건 숨 막히는 정적뿐이다. 나도 그 옆에 누웠다. 보이는 거라고는 온통 그 애와 나뿐이었다. 나는 이불을 머리끝까지 뒤집어썼다.

아침이 되자 갑자기 여자애는 날씨가 어쩌고 하면서 떠든다. 또 갑자기 벌떡 일어나더니 로프로 면을 뽑는 흉내를 낸다. 뭐라 설명할 수 없는 감정이 들어 나는 그만 웃고 만다. 우리는 이야기 끝에 그냥 이대로 헤어져서 서로의 집으로 가기로 한다.

나는 신발에 제대로 발을 꿰지도 않은 채 그곳을 빠져나왔다. 여자애를 위해 택시를 잡아주고 문까지 열어줬지만, 여자애는 무언가 망설이는 눈치다. 마치 어떤 변명이라도 하려는 듯, 택시에 한 발을 마저 넣지 못하고 우물쭈물거린다. 내가 할 수 있는 말은 이게 최선이다.

"집에 가서 바로 연락할게. 지금은 배터리가 없어서."

"응."

그대로 택시문을 닫아버린다. 택시가 멀어지자 뻣뻣했던 뒷목이 가벼워진다. 나는 주머니에서 핸드폰을 꺼내 보조배터리를 연결하고 여자친구에게 전화한다. 아. 내 사랑스러운 여자친구.

"오빠? 어디야?"

여자친구의 목소리를 듣고 있으니 잠시 멍해진다. 그 목소리는 언제나처럼 밝고 경쾌하다.

"응, 잠깐 쉬는 시간이라서 전화했지."

그녀는 웃으며 말한다.

"출장 가니깐 내가 너무 보고 싶지?"

"응, 너무 보고 싶지."

나는 여자친구가 정말 보고 싶다. 그녀의 부모까지도.

아래를 보니 신발 끈이 풀려 있다.

"윤아야, 잠깐만."

나는 가로수의 땅 위로 튀어나온 뿌리에 발을 올리고 다른 쪽 무릎을 꿇는다. 그리고 늘 하는 것처럼 신발 끈을 단단히 묶는다. 매듭을 지어 묶는다.

로프와 하품

한 시간은
248원

풀옵이라 원래 있었어 청소를안해서 개더러움
오전 3:20

근데너남친생김?
오전 3:22

닥쳐
오전 3:22

　창문에 습기가 찬다. 이미 한 번 닦았다. 소매가 아직
축축하다. 핸드폰이 짧게 한 번 진동한다. 이건 인스타그
램에 DM이 왔을 때의 진동이다. DM을 확인하는 대신에
무심함을 연기하기로 한다. 쌩깠다는 말이다.

　어쩌면 모든 감정 표현은 연기다. 마음의 파동을 내비
칠 때 의식적이든 무의식적이든, 어떠한 정도를 나타내도
록 설정되어 있다. 그것은 온전히 날것일 수 없으므로 연
기다. 물론 그 정도의 설정은 개인이 하는 것이다. 그중 무
심함의 연기는 상당히 어렵다. 그만큼 무심함의 연기는 아
주 중요한데, 특히 자기 자신에게 연기할 필요가 있을 때
그렇다. 사실 무심함의 미덕은 그것의 차가움으로 상대를

뜨겁게 만드는 데 있다. 물론 반드시 상대가 불타오르리라는 보장은 없지만, 그런 상황에서조차 먼저 차가워진 사람은 명백히 이쪽이다.

물론 지금 내가 청우의 DM을 무시하는 무심함은 질문 자체에 대한 언짢음의 발현에 가깝다. 하지만 스스로를 속이고 자존감을 올리기 위한 방편으로… 이렇게 구차한 이야기를 할 생각은 아니었다.

아무튼 나는 DM을 바로 확인하는 대신에 창틀 앞 커튼을 꼼꼼히 쳐보기로 한다. 창문에 계속 습기가 차는 것이 보기 싫다. 안 그래도 창틀 모서리에 곰팡이가 드글드글하다. 습기가 쉴 새도 없이 차고 물방울까지 맺히면, 그런 상태가 걔네들의 번영을 도울 것 같다. 그게 사실일 것이고. 걔네의 생태는 모르지만 곰팡이의 성욕이라는 건 어쩐지 추접스럽게 느껴진다.

곰팡이는 서로의 포자를 뿌려 퍼졌겠지? 음습한 표면을 따라 퍼져 나가며 겹치고 엉기고 스며들었겠지? 창틀에 핀 곰팡이와 벽장 안에서 퍼진 곰팡이가 따로일 리 없듯, 결국 어디에서 온 것인지도 모를 만큼 얽히고 섞였겠지? 자신들의 번영을 바랐겠지? 무엇인가가 하나가 된다는 건 그런 걸까? 어디서 시작되었는지, 어디까지 퍼져나갈지 알 수 없는 것?

나는 핸드폰 화면을 들여다본다. 생물학적 결합 요청을
담은 메시지가 기계적으로 빛난다.

> 그럼 나랑자
> 오전 3:23

> 싫음말고
> 오전 3:25

> 걍못들은걸로해
> 오전 3:30

나는 창틀을 바라봤다. 그리고 답장을 보냈다.

> 꼬리를 너무 빨리 마는거 아님?
> 오전 3:43

사춘기 때 나는 이성에 대해 관심이 아주 많았다. 그러
나 물리적으로 같은 공간에서 생활하는 이성은 이성의 범
위에서 철저히 제외했다. 걔네들은 방귀나 트림을 마음대
로 해대고 그걸 듣고 웃었다. 자꾸 서로의 바지를 내리려
고 했고 가끔은 스스로 내리기도 했다. 걔네들은 짜증나는
방향으로 창의적이기까지 했다. 넓지도 않은 교실 뒤편에

서 종이를 뭉쳐 만든 공으로 축구를 하다가 의자 아래 공이 들어갔다는 이유로 여자애들 가랑이 사이에 고개를 디밀었다.

당연하게도 나는 같은 좌표로 표현되지 않는 이성에게 빠져 허우적거렸다. 어쩌면 그 아이도 자기 학교에서 방귀를 마구 뀌어대거나 바지를 벗어젖힐지도 모르지만 적어도 내 눈앞에서는 아주 어른스럽게 행동했다.

중요한 것은 청우와 내가 같은 초등학교, 같은 중학교, 같은 고등학교를 다녔다는 이유로 그는 완전히 나의 관심 밖이었다는 점이다. 청우도 마찬가지였을 것이다. 청우가 같은 반 여자애들과 대화하는 모습은 볼 수 없었지만 다른 학교에 다니는 누나와 오래 사귀었다는 소문에서 그걸 알았다. 웃긴 일이다. 우리는 완전히 원시나 다름없었다.

그렇게 분홍색 겨드랑이와 사타구니가 시커멓게 변하고, 나는 깨끗한 팬티에 피를 묻히고, 청우가 오른손의 사용법을 새로 익히고, 청우나 나나 화장실에서 몰래 빤 팬티가 몇 벌은 되었을 세월 동안 우리는 몇 번 같은 반이 되거나 같은 조가 되었다. 그럼에도 서로 말 한번 제대로 나누지 않고 그 시절을 끝내버렸다. 말하자면 우리는 12년이라는 터널을 통과하는 버스에 동시에 올라타, 할당된 자

한 시간은 248원

리에 착실히 앉아 앞좌석의 등받이만 바라본 채 터널 끝에서 하차한 것이다. 정작 하차하는 순간에는 알지 못했다. 다시 마주 했을 때야 비로소 우리가 그때 헤어졌다는 걸 알게 되었다.

'때로는 기척 없는 이별을 할 수도 있는 모양이구나.'

나는 모텔 카운터에서 청우에게 건넬 거스름돈을 세면서 깨달았다.

삼수할 때다. 엄마는 나에게 물질적인 지원은 재수까지만 해주겠다고 했다. 그런데 정말로 그렇게 했다. 내가 삼수를 하겠다고 선언하자, 매달 10일 내 책상 위에 놓였던 봉투는 거짓말 같이 사라졌다.

없어진 것은 돈만이 아니었다. 엄마는 갑자기 내 목소리를 잘 알아듣지 못했다. 내가 "엄마" 하고 세 번쯤 불러야 엄마는 나를 봤다. 그나마도 엄마는 내 눈은 보지 않고 입을 봤다. 내 입에서 바퀴벌레가 기어 나오기라도 한다면 즉시 후려칠 준비를 하는 눈빛이었다. 물론 오빠가 부를 때는 청소기를 돌리다가도 달려갔다. 나는 나에게만 한정된 엄마의 난청을 책임져야 했다. 나는 이른 새벽에서부터 점심까지 모텔에서 방을 팔고, 점심부터 늦은 밤까지 공부하기로 했다.

모텔은 번화가에 위치해 있었다. 그곳의 업무는 근무 시간 동안의 매출 정산과 입퇴실 관리, 키 관리뿐이었다. 신체적으로 힘든 일은 없었고 시급도 좋았다. 친구들은 장소가 장소이니만큼 험한 꼴 많이 보지 않냐며 걱정했다. 하지만 오히려 장소가 장소이기에, 대부분의 손님들은 최단 시간 안에 정해진 방으로 들어가길 원했다. 험한 꼴이 일어날 시간조차 없었다. 물론 그 모텔의 모든 역사를 통틀어 100퍼센트 아무 일도 없진 않았겠으나 적어도 내가 카운터를 볼 때 소동이 일어난 적은 한 번도 없었다.

취객이 들어와도 크게 걱정할 일이 없었다. 취객이 난리를 부릴 때를 대비해 모텔에 상주하는 남자 관리인이 따로 있었다. 하지만 보통 계산하는 사람만은 과하게 취하지 않아 간혹 큰소리가 나려다가도 자기들 선에서 정리되었다. 별다른 업무가 없을 때는 개인 공부가 허락되었다. 정말이지 만족스러웠다. 나는 내 입에 바퀴벌레가 더 이상 살지 않음에 안도했다.

힘듦은 예상하지 못한 곳에 있었다. 우리 모텔은 비교적 신축건물이었다. 처음으로 사장 명함을 단 남자는 경쟁업소를 따돌리고 성공적으로 자리를 잡기 위해 여러 가지

할인 제도를 시행해 단골 만들기에 힘을 쏟았다. 얼마 지나지 않아 사장은 오래 앓던 불면증이 완치됐다.

나는 의도치 않게 우리 모텔을 자주 찾는 커플의 역사를 관찰할 수 있게 되었다. 그것은 아주 우울한 일이었다. 예컨대 남자의 뒤를 따라 들어와 카운터에서 조금 떨어진 곳에서 까닭 모르게 고개를 숙이는 여자가 나는 힘들었다.

상기된 남자가 숙박이나 대실 여부를 선택하고, 방 키와 세면도구를 건네받고, 결제하는 사이 그녀는 깊숙히 턱을 숙이고 있다. 물론 그 여자들이 개선장군처럼 굴어야 한다는 것은 아니다. 하지만 어쩐지 주눅 들어 있는 모습을 보면 우울해졌다.

그들의 사정을 다 알 수 없지만, 아니 그렇기 때문에 나는 못된 역사의 방관자가 된 것만 같았다. 다행히 그런 기분도 빠르게 사라졌다. 하루에도 셀 수 없이 열리고 닫히는 문을 보다보면 그런 건 어차피 각자의 사정이라고 여기게 되는 것이다.

그날은 모텔 앞 도로의 보수공사가 시작된 날이었다. 아침 드라마가 끝날 무렵이었다. 9시쯤, '도레미―파파―솔솔―미―솔―'로 시작하는 멜로디 벨이 울렸다. 나는 CCTV

를 봤다. 정장을 입은 남자와 캐주얼한 차림의 여자가 모텔 안으로 들어서고 있었다. 나는 국물과 건더기만 남은 컵라면을 내려놓고 카운터 창을 열었다. 남자는 얼굴이 완전히 보이지 않을 정도로만 고개를 숙여 말했다. 남자의 입술이 모아졌다 벌어졌다 했다. 공사 소음으로 목소리가 제대로 들리지 않았다. 나는 창밖으로 고개를 조금 내밀었다. 그와 동시에 남자가 고개를 더 숙였다. 눈이 마주쳤다. 어디서 봤는데? 나는 무의식적으로 눈을 가늘게 뜨고 손님의 얼굴을 훑었다. 수십 장의 몽타주가 남자의 얼굴에 겹쳐 떠올랐다.

청우였다. 나도 모르게 반가워서 아는 척할 뻔했다. '여긴 웬일이야?'라는 말을 삼켰다. 졸업 후 꽤 오랜 기간 만나지 못했지만, 사실 그 애를 궁금해 하지도, 아니 궁금해할 생각조차, 아니 아예 그 애의 존재 자체를 잊고 살았다. 하지만 12년 동안 우리가 같은 학교에 다녔다는 사실은 내가 의식한 것보다 훨씬 큰 부분을 차지하고 있었다. 청우도 긴가민가한 표정으로 나를 쳐다보고 고개를 한번 슬쩍 갸우뚱하더니 조금 쭈뼛거리며 말했다.

"1박이요."

그 애는 5만 원을 내밀었고 나는 거스름돈과 키와 세면

한 시간은 248원

도구를 건네주었다. 여자애가 청우를 '연'인지 '현'인지로 부르며 뒤따라갔다. 청우의 이름은 연도 아니고 현도 아니다. 나는 이유 모를 멍청한 기분으로 엉덩이를 의자에 붙일 생각도 못한 채, 창문 밖으로 머리를 내밀 때의 자세 그대로 엉거주춤 서 있었다. 나는 내뱉을 뻔했던 '여긴 웬일이야?'라는 말을 다시 한 번 떠올려봤다. 웬일은 무슨 웬일이야. 나는 조금 웃었다.

엘리베이터의 도착음이 들렸다. 나는 천천히 의자에 앉았다. 그리고 천천히 라면국물을 뒤적였다. 동그란 건더기 나 하나를 건져 입에 넣었다. 이상하게 우울했다. 청우가 아침부터 여자애랑 섹스하러 다닐 때 나는 컵라면 속 건더기나 건져 먹고 있구나! 나는 돌연 나 자신의 하찮음에 대해서 생각하고 괴로워하면서, 그 폭신한 건더기를 입안에 넣고 굴리면서, 그것에 밴 염기를 오래 오래 빨아 먹었다. 나는 퇴근 전에 502호의 스페어키를 찾아 손에 한번 쥐어보았다. 얼마 후 청우에게 DM이 왔다.

약ㅋㅋㅋㅋㅋㅋㅋㅋㅋㅋㅋ너였지? 담에 좀싸게해줘라
오전 11:18

나는 맞는데 알바라서 싸게는 못해줘
오전 11:19

넌 농담도 못하냐 걍 시간이나 넉넉히봐줘라
오전 11:25

야 난 그냥 알바라니까
오후 1:21

청우는 모텔로 매일 올 것처럼 말했지만, 그 이후로 단 한 번도 오지 않았다. 대신 DM으로 자주 연락을 주고 받았다. 그 후 우리는 이런 저런 이유로, 둘다 고향을 떠나 서로에게 낯선 도시에 정착했다.

6년쯤 흘렀을 때, 나는 핸드폰 화면 너머에 청우가 실재하는지 확신이 들지 않기도 했다. 내 머릿속에서의 청우는 만화에서처럼 희미한 선으로 윤곽만 표현되어 떠오르는 정도였다. 여기서 조금 더 나아가 선 안을 아예 다른 얼굴로 채워 넣는 상상도 했다. 아마 우리가 실제로 만나 대화할 기회가 없었기 때문일 것이다. 기회를 만들지 않았다는 것이 더 정확하다. 이사하기 전, 고작 20분이면 서로의 얼굴을 볼 수 있는 거리에 살 때도 서로 만나지 않았다.

내일은 학원 수업이 있어. 그러니까 내일 모레 만나자.

과제가 밀렸어. 미안, 내일.

내일은 내가 바빠, 그러니 또 내일.

서로 20분 거리에 있었으므로 언제나 볼 수 있어서 항

한 시간은 248원

상 볼 수 없었다. 편도 3시간 거리에 사는 지금은 현실적인 문제로 만나지 못한다. 직장이니 뭐니 하는 것 때문에 말이다. 가까워도 멀어도 만나지 못하는 건 마찬가지인 셈이니, 청우의 실체에 대한 의심스러움은 단순히 물리적인 거리 탓은 아닐 것이다.

다만 2~3주에 한 번씩 또는 한두 달에 한번 꼴로 하는, 사이가 긴 연락 주기가 그를 상상의 존재로 만드는 데 어느 정도 일조했다. 어쨌거나 지켜진 적은 드물었지만, 약속이 쉬웠던 시간은 이미 지나갔고, "언제 한번 보자"는 빈말조차 버거운 인생의 계절이 찾아왔다는 걸 우리는 말하지 않아도 알고 있었다. 그런데 별안간, 자자, 고?

근데 너 어디산댔지
오전 3:43

나는 청우가 사는 지역의 이름을 말할 때 매번 다른 도시의 이름을 내뱉었다. 그때마다 곧바로 청우가 정정해주었지만, 항상 실제의 이름은 휘발해버렸다. 메모를 해놔도 소용없었다. 얼룩이 졌든 실수로 버렸든 마지막에는 내가 찾을 수 없는 곳으로 사라져버렸다. 그렇게 청우는 내가 생각해낼 수 없는 곳에 살고 있는 셈이었다. 결국 나는 그런 곳에 사는 청우조차 상상의 존재가 아닐까 하는 망상에 빠지곤 했다.

그 사이로 기묘한 익명성의 싹이 텄다. 이것은 친밀함과는 다른 차원이다. 안이 훤히 들여다보여 아무짝에도 소용 없는 가면이지만, 그 투명한 막을 뒤집어쓰고 나는 다른 이에게는 함부로 드러내고 싶지 않은 비밀과 상처를 털어놓곤 했다. 좋지 못한 습관도, 성적인 이야기나 부끄러운 버릇 따위도 서슴없이 말이다.

"나 거짓말 할 때는 귀 뒤에 있는 큰 점을 만지게 돼. 그걸 만지면 마음이 좀 편안해지거든."

"긴장하면 손바닥의 때를 밀어. 손금을 위주로."

"성기 털을 손가락으로 쓸어내려서 숱을 쳐. 한 달에 한 번쯤? 빠진 털들을 동그랗게 뭉쳐서 아무렇게나 던져. 청소할 때 하나씩 나와. 나오지 않을 때도 있는데 그럴 때면 생각해. 이 조그마한 방에서 내 털 뭉치는 대체 어디로 사라진 걸까?"

"헤어진 애인이 남기고 간 콘돔에 물을 채워서 자위해."

"요즘 아르바이트하는 곳에서 믹스 커피 한 봉씩 훔쳐와, 아니 사실 두 봉씩."

내가 아는 한 청우도 그랬다. 그 애도 분명 다른 사람에게 못할 이야기를 했다. 회사에 다니기 시작하면서 스트레스와 긴장 때문에 과민성대장증후군이라는 병을 얻게 되었고, 결국은 그것으로 인해 바지에 똥을 지렸던 경험이 있으며, 가끔 성인용 배변패드를 하고 다닌다는 이야기는 그저 '친한' 수준의 친밀함으로는 고백하기 힘든 것이었다.

너도너다 또물어보냐
오전 3:45

이제 말안해줘
오전 3:45

아니 그래 자
오전 3:45

뭐가아니고 뭐가 그래야
오전 3:46

자자고
오전 3:47

나의 대답은 의외면서도 당연하다. 예전부터 우리는 '절대로 섹스하지 말자'고 약속했기 때문에 의외였고, 그 약속부터가 '섹스의 약속'이라는 걸 알았기 때문에 당연했다.

얼마 전 애인과 헤어졌다. 그 사람이 집을 나간 날 밤이었다. 예전 같으면 클릭할 생각도 안 했을 것이다. 이런 걸

따라 하는 사람이 정말 있을까, 궁금해만 했을 만한.

그런데 나는 인터넷 게시판에서 '혼자 키스 감촉 느끼기'라는 제목의 게시물을 보고, 약지와 중지 사이에 혀를 넣어 진지하게 빨았다. …소주를 한 병쯤 마시고 하면 더 비슷할까?

청우는 내가 오전 3시 47분에 보낸 메시지에 답글 대신 전화를 해왔다. 나는 203호 여자의 얕은 기침 소리를 들으며 방을 빠져나왔다. 건물 현관에 서서 전화를 받았다.

"잘 들어. 제일 중요한 거니까. 너 올해 스물아홉 맞지?"

그 애가 다짜고짜 묻는다.

"응."

나는 어려울 것 없이 대답한다.

"혹시 빠른 년생이나 뭐 그런 거 아닌가 싶어서."

대답을 듣고도 청우는 다시 한 번 확인하듯이 말한다.

"아냐."

다시 쉬운 대답.

"그럼 우린 다음 달만 지나면 서른이야, 그렇지?"

청우는 신중하고도 살짝 방정맞은 음색으로 같은 내용

　　　　　　　　한 시간은 248원

을 세 번째로 되묻는다.

"그렇다니까."

나는 청우의 이유 모를 호들갑이 조금은 짜증스럽다.

"그럼, 우린, 내년에 새 시대를 맞이하는 거야."

그건 꼭 서른이 되지 않아도 마찬가지라고 생각했지만 딱히 반박하지 않는다. 다만 시간을 조금 두고 대답한다.

"그러네."

"왜 모든 것엔 과정이 있잖아. 우리가 하는 섹스는 그냥 섹스가 아니고, 뭐랄까, 지나간 시대를 종결 짓고 다가오는 뉴에라를 축하하며 맞이하는 행위야."

청우는 흥분한 목소리로 말한다. 도대체 얘는 서른을 뭐라고 생각하는 거지? 뉴에라라고? 나한테는 졸업 후 여태껏 갚고도 적어도 꼬박 2년은 더 갚아야 하는 학자금 상환금도 남아 있는데, 뭘 축하해? 그러나 나는 청우의 숨소리만 들려오는 수화기에 대고 얼결에 대답한다.

"…그런가?"

청우는 내 대답이 성에 차지 않았는지 혹은 자신의 설명이 부족하다고 생각했는지 숨을 한번 짧게 몰아쉬고 빠르게 말을 덧붙인다.

"나는 나라는 사람을 숨김없이 내보일 수 있는 네가 있다는 것이 기쁘고, 뉴에라를, 그러니까 새 시대를 너와 함께 연다는 것도 기뻐."

청우는 뜨뜻미지근한 나의 대답이 자신이 말한 단어의 뜻을 알지 못하는 상황에 기인한 것일 수 있다고 걱정했는지 단어 풀이까지 하고 있다. 청우의 말투는, 음성 끝에 매달린 괄호와 괄호 안에 '너도 그렇지?'라고 적힌 문구가 생생히 떠오를 만큼 동조를 바라는 투다.

"어… 나도… 마찬가지야."

나는 등 떠밀리듯 대답한다.

"무슨 말인지 알지? 말로 하니까 되게 설명하기 힘든데, 내 말은 우리 섹스는 그냥 섹스가 아니고…."

"응, 무슨 말인지 알겠어."

나는 온몸이 젓가락 구멍으로 가득한 찐고구마가 된 기분으로 그 애의 말을 끊고 서둘러 말한다. 청우가 왜 우리가 할 섹스를 이렇게 포장하고 싶어하는지 알 것 같다.

청우 역시 나처럼 실연한 지 얼마 되지 않은 것이다. 그 상대는 헤어지기 전까지도 청우에게 큰 상처를 주었다. 그야말로 완전 쌍년이었다. 그런데 청우는 그녀가 나쁜 여자처럼 행동할수록 더 깊이 사랑했고, 반작용으로 더욱 괴로워했다.

한 시간은 248원

청우는 여자와 유난히 연락이 안 되던 어느 날 밤, 술집과 모텔이 즐비하게 늘어선 거리에서 취기 오른 상태로 걷고 있었고, 그녀는 다른 남자와 모텔에서 나오고 있었다고 했다. 청우는 그들 앞을 가로막고 섰다. 그러자 그녀는 남자를 가리키며 말했다.

"이 남자는 내가 정말 사랑하는 사람이야. 그러니까 제발 날 좀 놓아줘."

그녀는 청우에게 무릎을 꿇고 빌었다. 부정을 행한 건 그녀였지만 죄인이 된 것은 청우였다. 그나마 무릎 꿇을 기회마저 빼앗긴 것이다. 이 최악의 전개의 끝에서, 청우는 다른 사람과 섹스를 함으로써 그 여자의 굴레에서 벗어나야 했다. 하지만 아무 여자와 아무 섹스를 하는 것은 아무 의미가 없다고 생각한 것이 분명하다.

그날 밤 그 여자가 경험한 섹스보다 고차원의 섹스를 해야 뉴에라가 오는 것이다. 나는 어찌됐든 상관없다. 다섯 번째 키스 상대로 내 손가락 사이를 선택한 내게는 아무 섹스조차 깊은 의미가 있었다. 그것의 상대를 신원을 보증할 수 없는 아무나와, '친밀함'을 뛰어넘은 영역에 존재하는 사람 중 선택해야 한다면 망설일 것도 없이 후자다. 청우도 마찬가지였을 것이다.

"그럼, 내가 네가 있는 곳으로 갈게. 말 나온 김에… 이번 주 토요일 시간 괜찮아?"

청우는 약간 흥분한 목소리다.

"나 지금 백수잖아. 야. 그런데 너 옛날에 내가 모텔 알바할 때 나한테 싸게 해달라고 했던 거 기억해?"

나는 희롱하듯 말한다.

"내가 언제?"

"DM으로."

"그런 적 없어."

"그런 적 있어. 아무튼 주말 전에 다시 연락해."

전화를 끊기도 전에 머릿속으로 생활비를 계산한다.

나는 돈 없는 자취생으로서 나만의 돈 관리 법칙을 세우고 그것을 철저히 따르고 있다. 정기적으로 들어오는 돈이 없고, 오직 모아둔 것만으로 생활해야 한다. 그래서 생활비를 최소한으로 쓸 수 있는 방법을 고안한 것이다.

나는 한 달 생활비를 10만 원으로 정해두고, 매월 1일에 달력을 넘기면서 해당 월의 모든 일자에 '3,000원'이라고 적어둔다. 3천 원은 하루에 최대로 쓸 수 있는 돈이다. 만약 그날 쓰지 않았다면 다음 날의 3천 원과 합해 사용할 수 있다.

만약 그날 돈을 초과해서 써야 하는 상황이라면 그 다음 날의 3천 원을 당겨쓰는 식이다. 그러나 당겨쓰는 것은 최대 나흘을 넘지 않도록 한다. 불가피하게 월요일에 1만 2천 원을 썼다면 화, 수, 목, 금 4일 동안은 0원 지출을 목표로 해야 한다. 그러니 한 번에 최대로 쓸 수 있는 돈은 1만 2천 원인 셈이다.

다음 일자의 돈을 당겨 오면 안 되냐고? 그렇게 하면 결국 그 달은 목표했던 금액을 훨씬 초과하게 된다는 것을 백수 생활 초기의 경험을 통해 알기에 하지 않는다.

헷갈리지 않도록 철저히 계산해 빗금도 쳐두고 화살표도 그려둔다. 하루 3천 원, 최대 1만 2천 원의 한계를 정해 놓으니 간혹 생수 하나 살 때도 망설이게 된다. 하지만 그만큼 목표한 액수는 지켜지고 있어, 백수의 삶으로서는 보람된 것이었다.

그러나 이 삶의 방식이 치명적인 것은 예상치 못한 이벤트에 대비할 수 없다는 것이다. 일단 내 방은 방음이 최악이다. 그렇다면 모텔이든 어디든 가야 할 것이었고, 결국은 비용이 발생한다는 말이다.

우리가 소설 〈저녁의 게임〉에서처럼 늦은 밤, 공사장에서 만나는 게 아니라면. 모텔 대실료는 어림잡아 3만 원, 숙박료는 4~5만 원쯤은 할 건데, 그 애는 멀리서 오니까 숙박을 할 확률이 높다. 모텔비만 해도 백수로서 내가 지켜야 할 조건과 약속이 개박살 나는 상황임에도 계산할 것은 더 남아 있었다.

우리는 근 3년 만에 만나는 것이며, 청우는 내가 사는 이곳까지 먼 길을 오는 것이니, 청우에게 멋지고 근사하지는 않더라도 '식사'라고 부를 만한 것을 대접해야 할 것이다. 편의점 김밥이나 라면을 먹을 수는 없다. 사실 나는 먹을 수 있는데 늘 맛집 운운하는 청우는 먹을 수 없겠지. 아니, 그 애도 먹을 수야 있겠지. 문제는 나를 어떻게 생각할지였다. 최소한 치사해 보이긴 싫다.

무엇을 먹을지 모르지만 일단 식사비로 3만 원쯤 생각하자. 모텔비 4만 원에 식사 3만 원. 간단한 계산으로 합이 7만 원이었다. 간단한 계산과는 달리 그 이후의 내 생활은 전혀 간단하지 않을 것이었다. 청우는 전혀 의식하지 못하겠지만, 그래서 나는 오히려 더 억울한, 티도 나지 않게 굉장히 사치스러운 밤을 보낸 후 나머지 30일을 3만 원으로 살아내야 한다. 돈이 없으니 섹스도 힘드네. 맙소사.

30년 남짓 살아온 내가 생각하는 섹스란 이런 것이 아니다. 현실적인 계산이 끼어들어 이루어지는 행위가 아니다. 3천 원 단위로 떨어지는 내 하루의 계산을 빼곡히 해놓은 다이어리가 거지 같아서 화가 난다. 거지 같다는 것은 비유가 아니다. 약속 잡기 어려운 시절과 섹스하기 어려운 시절이 동시에 찾아오다니, 아, 경제는 반드시 살아나야 한다. 그래야 섹스도 마음 놓고 할 수 있다.

그런데 청우는 내가 모텔에서 아르바이트할 때는 뭐하고 이제 와서 자자는 건데? 이런 생각마저 거지 같아서 또화가 난다. 사실 모텔 아르바이트를 지금 당장 하고 있다고 하더라도 거기서는 절대로 방을 빌리지 않을 것이기 때문이다.

나는 변기에 앉아 담배를 피우며 생각한다. 방음이고 뭐고 그냥 내 방에서 할까? 사실 옆집 신음 소리가 한 번도 들리지 않은 것은 아니다. 이런 경우도 이에는 이, 눈에는 눈 식으로 대응해도 괜찮나? 무심결에 거울을 본다. 이건 거울이라고 부르니 거울인 것이지 반사되는 정도에 따라 거울이라 할 수 없는 수준으로 물때가 잔뜩 끼어 있다. 그렇다. 방음보다 더욱 심각한 것은 따로 있었다. 청소!

사실 화장실은 매일 청소를 하며 관리를 했지만, 애인이 집을 나가면서 아예 손을 놓아버렸다. 누가 볼 것도 아

닌데 아무럼 어떤가 싶었다. 어차피 매일 물 뿌리고 닦아
도 하루 만에 곰팡이가 슬어버리니 의미 없는 짓이라고 속
편한 변명으로 지내왔다.

이상한 비유일지 모르겠지만 못난 인물도 매일 보면 눈
에 익어 예뻐 보이는 것과 같이, 매일 보는 내 화장실도 사
실 그리 많이 더럽다고는 느껴지지 않았다. 그런데 신기하
게도 내 눈에 비치는 이 세계를 타인이 볼 수도 있다는 생
각을 하자 이마에 제3의 눈이라도 떠진 듯이 화장실의 현
실이 객관적으로 보이기 시작했다.

내 방의 화장실은 더블베드만 한 크기에 세면대와 샤워
기가 일체형으로 붙어 있고, 그 옆에 변기가 놓여 있는 구
조다. 나는 방 안에 담배 냄새가 배게 하기는 싫고, 담배
때문에 집 밖으로 나가기는 귀찮아 차선책으로 화장실에
서 담배를 피웠다.

처음에는 천장에 있는 환풍기에 최대한 가까이 연기를
뿜으려고 별 희한한 자세를 다 잡고 담배를 피웠다. 그러
다 넘어진 다음부터는 그냥 변기에 앉아서 피운다. 그 때
문에 이 좁은 공간은 니코틴으로 인해 누가 카레라도 끼얹
은 듯 벽이며 천장이며 노란색 그 자체였다. 아니, 노란색
은 정말이지 너무나 고운 표현이다. '누리끼리'와 '거무튀

튀'가 그러데이션된 색이다. 한국어에는 색감 표현이 다양하다지만 뭐라 짐작할 수 없는 색이다.

자석에 주렁주렁 매달린 철가루처럼 시커먼 무언가가 잔뜩 달라붙은 환풍기는 도대체 어떻게 청소해야 하는지 방법조차 생각해낼 수 없다. 화장실에는 창문이 없어 환기가 잘되지 않고 습기도 잘 빠지지 않는 탓에, 타일 사이는 검게 칠한 듯 곰팡이가 슬어 그것의 윤곽이 또렷했다.

나는 두루마리 휴지를 조금 떼어 물에 적신 뒤, 니코틴과 곰팡이로 변색된 타일 중 가장 심해 보이는 한 구석을 골라 살짝 닦았다. 전혀 닦이지 않을 거라 생각했지만 의외로 쉽게 닦인다. 손가락이 지나간 곳에 흰 길이 났다. 원래의 타일 색과 오염된 타일 색의 대비가 도드라져 오히려 더 지저분해 보였다. 나는 휴지로 꽁초를 말아 변기에 버리고 화장실을 나왔다.

방 한가운데 서서 생각한다. 주말에 만나기로 했으니 3일 남짓 남은 셈이다. 그러나 화장실 청소만 해도 며칠이 걸릴지 모른다. 더럽기는 어디까지나 상대적으로 화장실이 제일 더럽다는 것이지 객관적으로 보면 침대, 베란다, 부엌, 냉장고 안까지 모조리 지저분한 상태다. 열흘을 굶는 일이 있어도 여긴 안 되겠다. 여기는 지옥의 입구다.

역에서 청우를 만나 근처 식당에서 식사를 하고 모텔로 가는 것이 가장 이상적인 계획이다. 물론 비용만 제외한다면. 아이, 됐어. 돈 걱정 이제는 싫다. 대신 뽕을 뽑으면 되지. 섹스를 한 열댓 번 할까? 섹스를 그 정도 하면 뽕이 뽑아지는 건 맞나? 나는 누가 보지도 않는데 발개진 얼굴을 손으로 감싸며 부끄러워한다.

창밖을 내다본다. 전봇대에 기대놓은 쓰레기봉투에 고양이가 대가리를 처박고 있다. 고양이는 봉투에서 무엇인가를 끄집어낸다. 그것을 소중히 먹으려던 순간 행인이 고양이를 내쫓는다. 행인은 고양이가 꺼내놓은 것을 다시 쓰레기봉투에 넣고 입구를 꽉 묶는다.

청우와 오랜만에 보는 것이기도 하고, 동시에 이성과 오랜만에 밤을 보내는 것이기도 해서 돈 말고도 나는 여러모로 신경 쓸 것이 많다.

일단 애인과 헤어진 후, 한 번도 밀지 않은 겨드랑이 털과 음모를 정리해야 했다. 겨드랑이 털은 금방 미니까 음모부터 정리하기로 마음먹었다. 그 순간, 이전에 화장품 사이트 이벤트에 응모해서 당첨된 페로몬 향수의 배송을 이번 주로 예약해야겠다는 생각이 들었다.

전 애인의 옷깃에서 헤어지기 직전에 나던 향이 바로

여성용 페로몬 향이었다는 것을, 얼마 전 화장품 가게의 향수 코너에서 알게 되었다. 나는 그 향수의 홈페이지에 들어가보았고, 운 좋게도 샘플 신청 이벤트에 응모하여 당첨되었다.

청우에게 여성으로 보이고 싶다는 욕심보다는 이 물건이 우리의 결합에 어떤 식으로든 도움이 될 것 같아 설렌다. 페로몬이라는 단어는 발음하는 것만으로도 동물이나 짐승, 날것의 본능을 솟아나게 한다. 그것을 뿌리기까지 한다면 실로 엄청난 전개의 밤을 보낼 수 있을 것 같다.

"빠르면 토요일 아침 경에 도착 가능하시지만, 다음주에 받아보실 확률도 있으십니다."

물건은 물론이거니와 확률까지 깍듯이 높여주는 상담원의 안내에 나는 마지막 패를 받는 도박사의 기분으로 최대한 빨리 배송해줄 것을 부탁한다.

"오늘이라도 배송 부탁드립니다. 혹시 샘플 상품이라고 해서 일부러 늦게 보내주시는 건 아니죠?"

마지막 말은 하지 말걸. 말끝에 무안함을 감추기 위해 억지웃음을 두어 개 붙이고는 전화를 끊는다. 나는 그 여자를 가만히 품에 안고 발기했을 옛 애인의 성기를 상상한다. 상상 속 그의 아래 섶이 팽팽해질수록 나는 이유 모르게 기운이 빠진다.

발치에 있던 물 채운 콘돔을 쥐고 가만히 누웠다. 청우가 말한 뉴에라에 대해서 생각한다. 어쩌면 청우의 말이 완전히 틀린 말은 아니다. 만약 우리의 만남이 성공적이라면 우리는 그 애 말대로 뉴에라를 맞게 될지도 모른다. 사랑이라는 이름의 새 시대! 그것이 열리면 나는 내 손가락 사이를 빨아댈 일이 없을 것이며 콘돔에 물을 채우는 일도 없을 것이다.

어쩌면 아는 언니의 경험처럼, 돈 없는 나를 위해 그 애가 나의 생활비를 보태줄 수도 있을 것이고, 그러면 나는 하루에 3천 원 이상을 맘 놓고 쓸 수도 있겠지. 나는 어느새 따뜻해진 콘돔을 옆자리에 놓아두고 눈을 감는다. 내가 몸을 뒤챌 때마다 출렁이는 물소리가 들릴 듯 말 듯 은은하게 울린다. 나는 그 소리를 듣기 위해 일부러 크게 돌아눕다가 그대로 다음 날 아침까지 꼬박 잠을 잔다.

이른 아침 눈을 뜨자마자 눈썹 칼로 겨드랑이 털을 깎은 뒤, 음모를 다듬었다. 그것으로 다시 눈썹을 밀었다. 온갖 털이 뒤섞여 떨어져 있는 방바닥을 손가락으로 대강 찍어 눌러 훔치면서, 청우를 만나면 이 이야기를 해줘야지, 하고 생각한다.

한 시간은 248원

'너 빼곤 아무도 몰라, 내 몸에 난 털은 모두 같은 칼로 다듬어졌다는 걸!'

토요일, 나는 얼굴 부기를 빼기 위해 기차역까지 40분 간 걷는 수고로움을 감수했다. 청우가 도착한다고 말했던 시간보다 한 시간은 일찍 역에 도착했다. 나는 손거울을 들고 돌아다니며 내가 가장 예뻐 보이는 장소를 찾아다닌 다. 어느새 그 애가 탄 열차의 도착시간이 되었다. 때마침 핸드폰에 문자가 온다. 청우인가? 출구 바로 앞 맥도날드 쪽에 있다고 해야지.

발신자는 화장품 사이트였다. "금일 2시경 상품 도착 예정입니다"라는 내용의 문자다. 나를 죽자 사자 쫓아다녔 고 극진히 사랑해주던 남자의 눈을 돌아버리게 만든 여자 가 사용하던 향수였으니 효과는 보증된 셈이다. 나는 그것 을 포기할 수 없다.

청우에게 양해를 구해서 일단 내 원룸 쪽으로 돌아가서 택배를 받자. 청우와 만난 후 곧바로 지하철을 탄다면 택 배 도착 시간에 맞추어 집으로 돌아갈 수 있을 것이다. 조 금 번거롭지만 그런 후에 다시 번화가로 나와야지. 머릿속 으로 동선을 그려보고 있을 때, 알아볼 정도로만 변한 청우가 저 멀리 보였다.

내게 청우란 오랫동안 빈속을 품은 희미한 선이었는데 그 애가 한발씩을 떼며 내 눈앞에서 현실성 있는 부피로 다가오자 오히려 비현실적인 기분에 휩싸였다.

그 애의 입가에 묻은 검은색 부스러기는 너무나 현실적이어서 나는 두 배로 어리둥절했다. 내 앞에 존재하는 뚜렷한 윤곽의 청우를 과장으로든 반어적으로든 받아들이고 싶었다. 하지만 그런 노력을 할수록 이 낯익은 이방인에게서 도망치고 싶다는 생각만 더욱 간절해질 뿐이었다.

나는 청우에게 거의 멱살이 잡힌 것만 같은 낭패감과, 스스로 소문낸 나의 모든 것을 낱낱이 알고 있는 청우에게 이 심정마저 들켜버릴 것 같아 초조했다. 나는 손바닥을 비벼 슬쩍 때를 벗기기 시작했다.

"너 긴장했구나."

청우는 인사도 생략하고 웃으며 말한다.

"아니."

나는 귀 뒤의 점을 만지기 시작한다.

나는 나의 모든 비밀을 인질로 하여 자의로 납치당했다! 내가 집중하지 않는다면 역 한복판에서 비명을 지를지도 모른다. 그래서 반대로 나는 더욱 초연한 척 할 수밖에

　　　　　　　　한 시간은 248원

없다. 청우는 내게 더 이상 말을 걸지 않았다. 그 애는 대
신 천천히 고개를 들어 햇빛을 보았다. 나에게는 그 모습
이 웃음을 거두고 얼굴을 찡그리기 위해 일부러 햇빛을 마
주하는 것처럼 보였다. 나는 그 애의 얼굴을 해체시킬 궁
리를 했다. 그것은 역으로 내가 또 다른 나의 비밀을 폭로
하는 것만이 유일한 해결책임을 알았다.

"있잖아. 중요한 책이 오늘 배송되는 걸 까먹었는데 말
야. 그냥 현관에 두면 잃어버릴 거 같은데…."

나는 계속 점을 만지며 말한다.

"내일은 일요일이니까…."

어떻게든 덧붙이는 말이 나조차 신뢰할 수 없는 목소리
로 울리고 있다. 청우는 내 눈을 물끄러미 바라보다가 연
극배우처럼 어깨를 한번 으쓱해 보이고는, 무언가 말하려
하다가 다시 나를 쳐다본다.

이 눈빛은 애정 어린 시선으로 내 속을 쉬이 들여다보
다가 어느 순간 그것이 불가능해져서 나를 보는 것이 아니
다. 내 어떤 태도에 놀라 겸연쩍은 마음으로 한 걸음 물러
난 듯한 눈빛이다. 청우가 나와 통화나 문자를 하면서 이
런 눈빛을 몇 번이나 보였을지 궁금하다.

"오늘 지하철 개통을 해서 첫 운행도 하니까, 기념으로

타 볼 겸 내 방 앞에 있는 택배만 찾아가지고 다시 나오자,
응?"

나는 의식적으로 손바닥을 비비지도, 귀 뒤의 점을 만
지지도 않으면서 말한다. 청우의 끈질긴 눈빛을 마주하지
못하고 그 애가 대답하기도 전에 나는 뒤가 급한 사람처럼
지하철 개찰구로 거의 뛰다시피 들어간다. 청우도 별 대꾸
없이 내 뒤를 쫓아 들어온다.

어젯밤까지만 해도 할 말이 산더미 같았다. 아니 만나
기 직전만 해도 그랬다. 그런데 우리가 조우한 순간 화젯
거리는 물 뿌린 설탕처럼 녹아 없어졌다.

그뿐이면 간단한 이야기다. 그 애의 사정은 알 수 없지
만 내가 그 애에게 고백한 모든 것이 지뢰처럼 느껴져 한
마디조차 가볍게 내뱉을 수 없었다. 우리는 서로의 불확실
성에 기대어야지만 확실한 관계를 맺을 수 있는 건가? 나
는 손을 등 뒤로 돌려 손바닥을 마구 문질러댔다.

지하철이 들어오길 기다리면서 무슨 말이라도 꺼내야
한다는 의무감이 들었다. 청우도 나와 같은 생각인지 서늘
함이 감도는 표정으로 터널 깊은 곳, 검은 구멍 어딘가를
고집스레 바라보고 있다.

"이 터널도, 이 지하철도, 우리가 처음이야."

한 시간은 248원

나는 목소리를 더 낮춰서 덧붙였다.

"우리랑 닮지 않았니?"

청우는 대답하지 않는다. 그렇지 않아도 아까부터 주변이 엄청 시끄러웠다. 청우가 제대로 듣는다면 우리는 비밀스러운 기호를 공유하며 잃어버린 친밀감을 되찾을 수 있을 거라고 기대했다.

"우리랑 닮았어. 터널은 나, 지하철은 너."

나는 앞서 했던 질문을 평문으로 고치고 청우의 귀 근처로 조금 다가가 목소리를 크게 했다.

청우는 뭔가 생각하는 듯 눈썹 사이를 살짝 찌푸렸다. 나는 그 애가 알아들을 때까지 "터널이," "지하철이," "처음이," 따위의 단어를 반복해서 말했다. 갑자기 청우는 내 말을 끊는다.

"응, 무슨 말인지 알겠어."

지친 듯한 그 애의 말투에 나는 더 이상 애쓸 필요도 못 느낀 채 가만히 입을 다물고 지하철을 기다렸다.

우리는 지하철을 탔고, 내려야 하는 곳에서 내렸으며, 걸어야 하는 거리를 걸어 원룸 앞에 도착했다. 청우는 그 동안 어딘지 모르게 안절부절하는 느낌이었다. 청우가 지하철을 타기 전에 내 말을 끊고 말한 것이 미안해서 그런 거라 생각했다.

　이미 도착해 있는 택배가 내 방 현관문 앞에 가지런히 놓여 있었다. 그것을 보자 머릿속에는 얼굴 모를 여자가 그 향수를 뿌리는 모습과, 옛 애인의 아랫도리와, 그 향수가 배어 있는 티셔츠를 세탁하는 내 모습과, 그 향이 가득 퍼지던 날들에 꼬박꼬박 챙겨 먹은 무용한 피임약이 순서 없이 떠올랐다. 나는 바닥에 놓여 있는 택배 상자를 집어든 다음, 청우에게는 그 어떤 설명도 모조리 미루어두고 '괜찮다'고 말해야겠다고 생각했다. 하지만 청우에게 그 말을 할 기회는 오지 않았다. 내가 택배 상자를 집어들기 위해 허리를 굽히자, 청우가 먼저 말을 걸어온 것이다.

　"있잖아…."

　청우의 목소리는 급박하게 들린다. 돌아본 청우의 얼굴은 하얗게 떠 있다.

　"나… 사실은 아까부터 화장실에… 가고 싶었어."

　죄를 고백하는 말투다.

　"언제부터? 아까 왜 역에서는 가지 않았어?"

　나는 당장 현관문을 열고 화장실에 들어가는 것을 허락하는 대신, 왜 하필 지금 내 방 앞에서 이러냐고 마구 소리지르고 싶은 것을 참고 말했다.

"네가 택배 때문에 집에 가자고 했잖⋯. 말하려고 하는데⋯ 넌 개찰구⋯ 참을 만했는데⋯ 갑자기⋯."

청우는 살짝 다리를 꼬아가며 대변을 분출시키지 않기 위해 안간힘을 쓰고 있다. 내가 청우에게 화장실을 내어주지 않으면, 당장이라도 순백과 같은 바지를 문자 그대로 더럽힐 게 뻔하다. 나는 '누리끼리'와 '거무튀튀'의 경계 어딘가에 있는 화장실 벽의 색과, 아귀의 입이라 해도 손색없는 새까만 환풍기와, 변기 옆 구석에 도사린 습기를 머금은 채 짙은 색으로 불어서 쌓여 있는 두루마리 휴지 심들을 떠올리고는 그 애 못지않은 다급함으로 말한다.

"아니, 야, 그냥 싸. 그냥 싸면 카레 쏟았다고 생각할게."

이렇게 말하면서 속으로 조금 웃는다. 그 순간 청우의 눈동자에는 어린 동물의 가여운 눈빛과 성숙한 짐승의 사나운 눈빛이 함께 어린다. 그 애는 말보다 강력한 표현으로 나의 방문을 열 것을 명하고 있다. 청우는 도어락이 해제되지도 않은 문손잡이를 아무렇게나 잡아당기고 있었다. 나는 그 절박함을 애써 못본 척하며 말한다.

"사람은 누구나 자기만의 방이 필요하다는 말 들어본 적 있어? 나에게 화장실이 그런 곳이야."

나는 아무렇게나 갖다 붙이며 고급스럽게 변명한다. 그 애는 차마 말대꾸를 할 시도조차 못하는 것 같이 보인다. 본능적으로 자세를 낮추고 숨을 일정 시간 참았다가 몰아쉰다.

역에서 마주한 때부터 내 안에서 끝없이 피어오르던 거북함이, 그 애가 배설을 참기 위해 고르는 숨과 함께 조금씩 사라지고 있었다. 하지만 나는 비누향이나 금반지, 혹은 좋은 머릿결 같은 것으로 연상되는 사람이고 싶다. 거뭇한 콧수염이나 코딱지, 이빨에 낀 고춧가루 따위를 키워드로 가진 여자이긴 싫다. 그런데 이대로 가다간, 그것들마저 나름의 귀염성을 갖춘 연상어가 되어 내가 떠안게 될 것 같았다.

나는 그 애가 더러운 화장실을 곧 나로 여기게 될까 봐 두려웠다. 혹시라도 청우가 세계여행을 가서, 중국 고산지대나 인도의 삼류 숙소, 네팔의 불법 도박장 등에서 마주하는 더러운 화장실의 입구에서 내 얼굴을 떠올리는 상상을 하니 몸이 떨렸다.

"알았어. 그런데 너 하나만 약속해. 내 화장실은 내 화장실이 아닌 거다. 더 쉽게 말할게. 내 화장실은 내가 아니고, 내게 포함되지도 않았고, 내 소유가 아니라는 거지. 그

한 시간은 248원

러니까 일을 보면서, 그곳과 나를 분리해서 상상해줄 수 있겠니?"

내 말에 청우는 '이건 무슨 개소리야' 쯤의 문장으로 변환이 가능한 표정을 지었다. 나는 그의 이해를 돕기 위해 서둘러 말했다.

"나와 화장실을 분리해서 생각하기 어렵다면, 그럼 얼마 전에 말했던 것처럼, 그냥 내 방 화장실은 똥만큼 더럽다는 거 알아둬. 이건 정말이야. 정말로 똥이 묻어 있거나 한 건 아닌데 똥이나 다름없어. 그런데 들어봐. 너는 한 술 더 떠서 내 똥 같은 화장실에서, 내 화장실 같은 똥을 싸는 거니까 우리는 결국 같은 거라고."

그를 설득하기 위해 최대한 논리적으로 설명했다. 그러나 결론은 "우린 똥이야"다. 청우의 풀려가는 눈빛을 지켜보면서 나와 내 화장실의 관계를 논리적으로 완벽히 분리하여 설명할 수 있는 방법이 존재한다 해도, 온 신경을 똥구멍에 집중하고 있는 그 애에게 이런 얘기는 전혀 소용이 없다는 사실을 새삼 깨달았다. 나는 소리 지른다.

"그래, 아이 씨발, 아닌 게 아니라, 니가 들어갈 저 화장실이야 말로 나다. 완전히 나라고!"

청우는 아예 눈을 감아버린다. 청우는 거의 포기하기

직전 같았다. 동시에 청우가 겪었을 오늘 하루에 대해 떠올렸다.

현관문을 열자, 천장에 달린 센서등이 가스레인지가 놓인 자리 벽면의 기름때에 빈틈없이 달라붙어 반짝인다. 설거지를 하지 않은 그릇들은 제 몫의 수치스러움을 주인에게 미뤄둔 채 고춧가루나 밥풀을 그대로 붙여놓고 있었다. 청우는 신발도 벗지 않고 내가 위치를 알려준 적도 없는 화장실을 정확히 찾아 들어갔다. 짐승 날것의 본능으로.

청우는 그 낮부터 밤, 다음 날 새벽까지 화장실에 수십 번도 더 들락거렸다. 청우의 배탈 앞에서는 결국 식사도, 모텔도, 그 애가 그토록 부르짖었던 뉴에라도, 아무것도 없었다.

나는 뜯지 않은 택배 상자를 침대 아래에 밀어놓았다. 그 애가 화장실 바닥에 흘린 배변패드 껍질을 주워 이미 가득 찬 쓰레기봉투 속에 쑤셔 넣고 입구를 단단히 묶으며, 내가 회귀할 오른손 약지와 중지의 감촉과 물 채운 콘돔을 떠올렸다. 나는 고양이를 생각하며 창밖을 바라보았다. 창틀의 곰팡이는 더 넓게 번져가고 있었다.

다행히 오늘은 1,450원의 차비와 4,500원의 담뱃값으로, 다른 날과 다름없이 한 시간은 248원어치였다.

언니가
화난 것 같아서
말을 못
걸었어요

"비누 같은 건 챙겼니?"

"가서 사면 돼요."

"그런 거 생각보다 귀으찮니까, 빨리 엄마가 사놓은 거 챙겨."

내가 유학 온 이곳은 내가 살던 동네와는 정반대였다. 산도 없고 바다도 없었다. 대신 눈이 많이 왔다. 끝없이 펼쳐진 넓은 평야와 어디로 이어질지 모를 수많은 골목길이 나름의 아름다움으로 가지고 있었다.

기숙사는 잔디밭 위에 3층으로 된 작은 건물이었다. 여러 동이 모여 한 구역을 형성했고, 구역 별로 관리되는 모양이었다. 내가 살게 된 기숙사 건물의 벽은 아이보리색으로 페인트칠이 되어 있었다. 정문의 가장 위쪽은 시옷 모양의 갈색 지붕이 얹혀 있었다. 지붕 가운데는 그러한 건물에 흔히 볼 수 있는, 시침과 분침뿐인 원형 시계가 붙어 있었다. 2월 말임에도 불구하고, 넓게 펼쳐진 잔디밭에 이미 봄기운이 가득하여 여기저기 작은 계란꽃이 바람에 흔들리고 있었다.

기숙사가 열리는 날 이른 아침에 도착했다. 건물 안은 인적 없이 조용했다. 나와 부모님은 내가 배정받은 방으로 찾아 들어갔다. 룸메이트는 이미 들어와 있었다. 방문을 열자 창문의 역광 때문에 그녀의 모습엔 그림자가 져 있었다. 그 애는 몇 번은 본 것처럼 경쾌한 말투로 나를 맞아주었다. 나는 큰 트렁크 두 개를 들고 왔는데, 그 애의 것은 단촐했다. 이미 정리가 다 끝나 있어 그렇게 보였을지도 모른다. 그 애는 우리가 짐을 풀 동안 자리를 비켜주었다.

나는 잠시 창가로 가서 바깥을 내려다보았다. 2층이어서 높이는 얼마 되지 않았지만, 건물 자체가 완만한 동산 위에 있었으므로 캠퍼스 풍경이 대부분 내려다보았다. 나는 어떤 영화 속 한 장면처럼 창문가에 다리를 올려 걸터앉아 뭐라고 한마디 외쳐보고 싶었지만 방충망 때문에 그렇게 하지는 못했다. 대신에 엄마는 어떤 영화 속 한 장면처럼 나를 부둥켜안고 눈물을 흘리는 것에 성공했다.

엄마를 달래주고 대충 필요한 짐만 트렁크에서 꺼내 정리했다. 엄마가 돌아갈 때 휴게실에 있는 그 애에게 이제 방에 들어가도 괜찮다고 말했다. 그 애는 알겠다고 고개를 끄덕였다. 나는 엄마 차가 길 끝에서 없어질 때까지 그 모습을 보고 서 있었다.

언니가 화난 것 같아서 말을 못 걸었어요

엄마가 떠나고 완전히 혼자가 되자 조금 슬펐다. 하지만 같이 윷놀이를 할 때도 내 몫의 윷을 대신 던지고 싶어 하거나, 운전할 때 신호 위반은 밥 먹 듯하면서 내가 무단 횡단하는 것을 보면 경기하는 우리 엄마에게서 드디어 홀로 되었기 때문에 산뜻한 기분이 마냥 슬프지만은 않았다.

하지만 엄마는 나를 예상치 못한 순간에 울리는 재주가 있는데, 이번에도 그것을 발휘했다. 내가 짐을 쌀 때 시간이 없어서 비누집과 비누를 뜯지 않고 아무렇게나 가방 속에 쑤셔 넣었다. 엄마가 간 후에, 기숙사에 돌아와 손을 씻으려고 보니 비누집에 비누가 포장이 뜯겨 쓰기 편하게 놓여 있던 것이다. 보나마나 엄마가 한 짓이다. 고작 비누일 뿐이었다. 그러나 기숙사에 도착해서는 짐에서 비누를 찾아 조심스레 포장을 벗겨놓았을 엄마를 생각하니까 눈물이 나고 마는 것이다. 이런 것들은 평소에 눈에 띄지 않는다는 점에서 잔인하다.

아까 기숙사를 떠날 때 엄마의 얼굴은 평소보다 하얗고 몸집은 평소보다 왜소해 보였다. 나는 단지 엄마가 선크림을 평소보다 많이 발랐고, 오늘 새벽부터 일어나서 피곤한 것이라고 생각했다. 지금 생각해보니 엄마의 사랑이라는 것을 가진 사람은 상대를 어딘가에 놓고 온다는 현실을 마주할 때 자신의 존재 방식도 달라지는 것 같다.

양손에 비누를 올려놓았다. 마치 어떤 신령한 물건으로 부터 무엇인가를 배워야 할 것처럼 바라보았다. 우리는 정말 별것 아닌 것으로 누군가의 마음을 깊이 생각하게 되나 보다. 그건 어쩌면 삶의 핵심일지도 모른다.

그런데 왜 그런 것들은 언제나 사랑이고, 왜 사랑은 언제나 슬플까? 내게는 그 혼자된 산뜻한 기분은 온데간데 없고 엄마에 대한 그리움으로 참을 수 없는 상태가 되었다. 나는 그 비누를 평범하게 사용할 마음을 먹을 수 없었다. 위생봉지 안에 넣어 책상 책꽂이 위에 올려놓았다. 제일 잘 보이는 곳에. 적어도 내게 그 비누는 사랑의 결정체였다. 이것은 생활용품이 아니라 현 세계에서 물건으로 현신한 엄마의 사랑이다. 눈물이 나왔다.

나는 곧 엉엉 소리내어 울었다. 기숙사 옥상에 있는 흡연실로 올라가 담배 피우면서도 울었다. 담배 피우는 것을 엄마가 알면 엄청 혼내겠지 하면서 나는 연기를 내뿜으며 울었다. 사실 그냥 혼내는 정도로는 끝나지 않을 것이다. 내가 통곡하는 이유도 묻지 않고 담배를 뺏어들어 내 머리카락에 불을 붙일지도 모른다. 그러면 엄마에게 미안한 마음 따위는 사그라들고 머리카락이 불타는 채로 나는 보란

언니가 화난 것 같아서 말을 못 걸었어요

듯이 엄마 앞에서 열 개비를 한 번에 피울지도 모른다.

그런 생각을 하니 더 슬펐다. 그렇게 울면서 담배 몇 대를 연달아 피웠다. 머리가 핑돌았다. 눈앞이 온통 희뿌옜다. 흡연실 창문은 닫혀 있었다. 창문을 통과한 햇빛이 연기를 가르며 쏟아지고 있었다. 나는 창문을 열었다. 담배 연기가 공기의 흐름을 타고 겹겹이 빠져나가는 것을 보면서 깨달았다. 무엇인가가 끝났고, 또 무엇인가가 시작됐다는 것을 말이다.

21년을 살아오면서 많은 사람을 만났지만 그들과 잘 어울리지는 않았다. 타인들은 내가 말하는 것을 오해하거나 심한 경우 자기 마음대로 지어내서 생각하기도 했다. 나는 코끼리를 말하고 있는데 상대는 포크레인을 떠올리는 식이다. 물론 나 역시 마찬가지일 것이다. 누구나 생각하는 것을 타인에게 정확히 전달하기란 불가능하다는 것을 알면서도 나는 타협점을 찾기 힘들었다. 언제나 오해를 받고 오해를 하는 것이 사람끼리의 교류라면, 그저 혼자가 낫다고 생각했다.

그러나 새로운 환경에 놓이면서, 사람들과의 관계가 기대되는 것은 어쩔 수가 없다. 나는 그 애가 도대체 어떤 사람인지 궁금해서 견딜 수가 없었다. 동생 청우와 초등학교 때까지 한 방을 쓴 이후, 처음으로 남과 공간을 나누게 되었기 때문이다. 어떤 오해가 기다리고 있다 해도 잠깐은 견뎌볼 생각이었다.

그 애는 나와 같은 학과의 2학년이다. 재학생은 신입생과 입실 기간이 달라, 나보다 하루 일찍 입실하는 것이 가능했다. 나보다 나이가 어린 선배였다. 그 애는 나를 언니라고 부르고, 나는 그 애를 선배라고 부르기로 했다. 나에게는 남동생만이 있으므로 누가 나를 언니라고 부르는 것은 생소한 일이었다. 특히 목뒤와 구레나룻을 민 짧은 머리의 선배가 그 단어를 발음할 때마다, 나는 귀 뒤쪽과 이어진 목덜미까지 어쩐지 서늘한 기분이었다.

우리는 친밀하지 않는 관계에서 얻을 수 있는 뻔뻔함으로 며칠간 여러 가지 것을 같이 하면서 지냈다. 우리는 서로의 취미와 엠비티아이와 좋아하는 음식 같은 것을 알게 되었다. 내가 산책을 좋아한다고 하니 그 애도 그렇다고 했다. 우리는 같이 산책을 하기로 했다.

밤이었다. 꽤 추웠다. 눈이 많이 내렸다. 캠퍼스에는 걷는 사람이 우리밖에 없었다. 눈 위를 걷는 것에 익숙하지 않기 때문에 자주 그 애를 잡고 중심을 잡아야 했다. 그

언니가 화난 것 같아서 말을 못 걸었어요

애는 그것이 귀엽고 안쓰러웠는지 웃으며 나를 잘 붙들어 주었다. 나는 얼마간 걷다가 담배를 피우려고 눈이 쌓이지 않은 건물 아래에 섰다. 계란꽃 위에도 눈이 쌓였다.

"계란꽃 얼어죽겠네."

"저거 계란꽃 아니에요."

"나는 21년 동안 저걸 계란꽃이라고 불렀는데?"

그 애는 대답을 하지 않고 주변을 돌면서 바닥에 원을 그리고 있었다. 꽤 그럴듯한 원이었다. 칭찬을 하려다가 싱거울 것 같아 그만두었다. 나도 담배를 든 채 그 애가 그린 원을 따라 걸었다. 우리는 빙글빙글 돌며 걸었다. 내가 담배를 끄려고 멈추자, 그 애는 따라 멈추지 못하고 나를 뒤에서 껴안고 조금 미끌어졌다. 우리는 함께 넘어졌다. 꽤 오래 그 애의 품에 있었다. 좋은 냄새가 났다. 나는 내가 먼저 그 팔을 뿌리치는 것도 어색했기 때문에 먼저 나를 놔주길 바랐다. 나를 안은 채로 그 애가 말했다.

"언니, 담배 안 피우면 안 돼요?"

"응, 안 돼."

"언니는 담배를 많이 피워도 비누 냄새가 나긴 해요."

"웃기지 마."

나는 자연스럽게 그 애의 팔에서 벗어나 담배꽁초를 도

화지 같은 눈밭에 던지면서 일부러 쾌활한 말투로 말했다.

"맞아. 나 좀 웃긴 이야기해줄까?"

담배꽁초가 떨어진 자리만 동그마니 눈이 녹아내렸다.

"뭔데요?"

나 처음 기숙사 들어온 날에 엄마 때문에 엄청 울었어.

"왜요?"

"아니, 엄마가 나 비누 쓰기 좋으라고, 포장을 다 벗겨서…."

나는 어느새 떨리는 목소리로 말하고 있었다. 그 애는 뒤돌아 서 있는 나의 어깨를 잡고 자신의 쪽으로 돌려세우고 말했다.

"아, 그거 아니… 담배를 피우지 않으면 참 좋을 텐데."

나는 아주 작은 눈 결정이 또 다른 눈 결정 위에 쌓이는 소리를 들은 듯했다. 그 애의 뒤편으로 눈 쌓인 침엽수가 바람에 흔들리고 있었다. 겨울에 보는 초록이 괜히 생경했다. 나는 그 애가 하는 말이 무슨 말인지 모르겠다는 표정으로 다시 담배를 하나 더 꺼내 물었다.

우리는 다시 원을 그리며 돌기 시작했다. 그 애의 신발 아래에서 눈길의 마찰음이 듣기 좋게 울렸다.

그 애가 내게 생각보다 가까이 다가온다고 느꼈을 때

언니가 화난 것 같아서 말을 못 걸었어요

나는 그 애의 손을 잡아 멈추게 하려다가 그 애의 손등을 담뱃불로 지져버렸다. 비명 소리는 크지 않았지만 이미 이런 일이 계획된 것은 아닌가 하는 이상한 기분이 들었다. 그 애는 쭈그리고 앉아 눈 위에 손등을 대었다.

"이러고 있으면 괜찮아요."

"정말 괜찮아?"

"그럼요."

그러나 손등에 붉은 원은 그대로였다. 우리는 밤 산책을 마치고 방으로 들어왔다. 기숙사 방 안은 나가기 전과 변함이 없었으나, 냄새가 조금 다르게 느껴졌다.

그 애는 씻을 준비를 했다. 나는 침대에 걸터앉아 라이터를 켰다 껐다 하면서 불을 바라보고 있었다.

"아까 거기 물집 생겼을 거야."

"시간이 지나면 괜찮아지겠죠."

화장대 위에 있던 향수를 손에 들었다가, 다시 내려놨다. 나는 말했다.

"그럼 사고였던 걸로 할까?"

그 애는 돌아보지 않았다.

"…글쎄요."

나는 다시 담배를 꺼냈다. 불은 붙이지 않았다.

나는 걸어다니는 재떨이였고, 그 애는 외출할 때마다 침대 정리를 하고 섬유탈취제를 뿌리고 잠옷을 개켜 이불 위에 놓아두는 스타일이었다. 내가 외출하고 방에 들어와 씻지 않은 채로 침대에 바로 드러누울 때면, 그 애는 한숨을 쉬었다. 아마 내 옷에 배인 담배 냄새 때문일 것이다.

삶의 방식이 다른 것만으로 그 애에게 사과할 생각은 없었다. 언제나 나는 방으로 들어오면 곧장 침대 위에 드러누웠다. 우리는 점점 말을 하지 않기 시작했다.

사실 내가 학교에서 만나는 모든 사람에게 존댓말을 쓰려고 마음먹은 것도 그 애 때문이다. 동기는 서른 명 남짓으로 적은 편이었다. 그러나 이름과 얼굴을 잘 기억하지 못하는 나로서는 알 수 없는 이로부터 받는 인사가 많았다. 신입생 환영회를 하고나서는 더더욱 헷갈렸다.

신입생 환영회는 단과대학 앞 잔디밭에서 열렸다. 강의실 테이블과 의자를 옮겨놓고 긴 줄로 된 조명으로 장식해놓았다. 아마 2학년이 했을 것이다. 잔디 위에서 술을 마신다는 발상까지는 좋았지만 조명 빛을 좇아 별의별 벌레가 테이블 위에 다 모여들었다. 사랑을 어쩌구 하는 노래가 앰프에서 흘러나오고 있었다. 앰프는 오래된 것인지 가끔 금속성의 찢어지는 소리를 냈으나 그것에 신경 쓰는 사

언니가 화난 것 같아서 말을 못 걸었어요

람은 나뿐인 것 같았다.

　나는 가장 구석진 곳에 자리를 잡고 앉았다. 안주는 테이블 크기에 비해 터무니 없이 적었다. 그것들은 술자리의 구색을 맞추기 위해 빌려온 소품 같았다. 대신 술은 정말 많았다. 정말 곤란할 정도로 많았다. 나는 술이 담긴 종이컵의 윗부분을 잡고 약간 기울였다. 컵 바닥의 한쪽 모서리만 테이블에 닿은 채로 컵을 이리저리 굴렸다. 나는 도망칠 구실을 찾고 있었다. 생각해보면 구실 같은 것은 필요없이 그냥 조용히 화장실에 가는 척하고 기숙사로 들어가면 될 일이다. 이미 모두 취해 있었으니까. 나는 그들 중 몇몇과는 조금은 어울리고 싶었는지도 모른다.

　옆 테이블에서 간헐적으로 들려오는 웃음소리가 귀를 멀게 할 정도였다. 누가 웃음소리 따위로 관심을 끌고 싶어하는지 얼굴이 궁금해졌다. 나는 그쪽으로 고개를 돌렸다. 마침 선배 하나가 나에게 손짓하며 말하고는 목청이 터져라 크게 웃었다.

　"너도 와서 같이 이야기하지 않을래?"

　웃음소리의 주인공이 이 인간이었다. 나는 화가 났다. 그나마 나는 일말의 기대감을 갖고 이 자리에 머물러 있었는데, 고작 저 사람의 눈에 띈 것이다. 나는 억지 미소를 지으며 자리를 옮겼다. 그 선배 옆에 앉아 있던 동기들은 내게 자리를 비켜준 뒤 옅은 미소를 띤 채로 어디론가 사라졌다.

"어디서 왔어? 고향이 어디야?"

"해운대요."

"아, 해운대. 그 왜 유명한 그 산 이름이 뭐더라?"

"해운대는 산이 많아서…."

"아, 왜 있잖아, 무슨 범인가, 귀신 나온다는…."

"장산 말씀하시는 건가요?"

"맞아, 맞아! 나도 가보고 싶어. 진짜 좋더라."

확실히 그가 말하는 "좋더라"는 실제로 관심이 있어서 하는 말이 아니었다. 장산에 나오는 귀신이 좋다는 것인지 알 수 없었기 때문이다. 그러나 이런 말을 입밖으로 낼 수는 없으므로 그냥 고개를 끄덕거렸다.

그의 옆에 앉은 다른 선배가 말했다.

"아무튼 그냥 요즘 애들 같지 않아. 지난번에 창가에서 혼자 책 읽는 거 봤는데, 뭔가…. 나도 책은 좋아해."

"무슨 책 좋아하세요?"

"그렇게 물어보니까 제목이 잘…."

그때 뒤돌아 앉아 있던 사람이 내 쪽으로 방향을 고쳐

언니가 화난 것 같아서 말을 못 걸었어요

앉으며 대화에 끼어들었다.

"나도 책 읽는 건 좋아하는데."

그 애였다. 그 애가 책 읽는 걸 좋아한다는 말은 들은 적이 없었다. 조금 취기가 올라 보였다. 손등의 둥근 화상 흉터도 평소보다 조금 더 붉었다. 테이블 위에선 개미들이 일렬로 과자로 향했고 또 어딘가로 돌아가고 있었다.

"근데, 그게 나쁘다는 건 전혀 아니에요."

그 애는 말을 덧붙였다. 곧이어 쉬지도 않고 말을 쏟아냈다.

"우리 같은 평범한 사람은 그런 거 잘 못해요. 특히 그런 거 있잖아. 약간 책 속에서 튀어나온 사람 같은 거? 뭐 그런 게 멋지다고 생각하는 거 나는 이해해."

사람들은 이해한다는 말을 너무 쉽게 입 밖으로 낸다. 그러나 들여다보면 그건 이해가 아니라 자기 안에서 결론이 났을 때 하는 말일 뿐이다. 그런 걸 이해라고 한다.

그 애는 내가 컵을 잡고 돌리는 것을 따라했다. 그때 그 애는 내가 아는 사람이 아니었다. 하지만 이런 사람에게 똑같이 행동했다간 도무지 당해낼 재간이 없기에 나는 그냥 웃었다.

그 애가 한번 그렇게 이야기하고 나니 다들 나를 비웃

음과 찬양 사이에 놓는 것을 개의치 않아 하는 것 같았다. 그들이 만든 이야기 속에서 나는 한 발짝 물러나 있었다. 어딘가로 달려가야 할 것 같은 기분이었으나 어디로 가야 할지 몰랐다.

환영회가 끝난 후 기숙사로 돌아갔다. 거리 끝에 검은 고양이가 쓰러져 있었다. 달려갔다. 하지만 가까이 가보니 커다란 검은 비닐봉투였다. 나는 한참을 서 있었다. 그 비닐봉투가 내가 착각한 고양이보다 더 불쌍해 보였다. 아무도 돌아보지 않는, 이제는 나조차 다시 보지 않을 비닐봉투가 말이다. 봉투가 바람에 움직였다. 명백한 검은봉투가 이제는 길 건너 멀리로 날아가고 있었다. 어쩌면 오해는 내가 가진 감정 중에 가장 따뜻한 것일지도 모른다.

"언니, 뭐해요?"

멍하게 선 내 뒤에서 어깨를 잡으며 말을 건 것은 그 애였다. 환영회에서와 다른 말투였다.

"같이 가요."

"너 왜 그랬어?"

"뭐를요?"

더 이상 말이 통할 것 같지 않았다. 기숙사로 돌아왔지

언니가 화난 것 같아서 말을 못 걸었어요

만 여전히 내가 도착해야 하는 장소는 다른 곳에 있는 듯했다. 나는 방문을 열자마자 외출복과 신발을 신은 채로 침대 위에 아무렇게나 누웠다. 그 애가 쳐다보는 것이 주변시로 보였다. 나는 벽을 보고 돌아누웠다.

그 애가 말했다.

"저기… 그냥… 주무세요…?"

나는 대답 대신 눈을 감았다. 그 애가 내 침구에도 섬유탈취제를 뿌렸는지 좋은 향이 났다. 정말이지 불쾌했다. 이불은 침대 위에 코 푼 휴지처럼 아무렇게나 구겨져 있었기 때문에 등이 배겼다.

형광등 불빛이 눈꺼풀에 내려앉자, 눈을 감기 직전에 보았던 사물들의 윤곽만 눈앞에 아른거렸다. 그 사물들은 형태가 점점 불균형해지면서 경련하듯 인공적인 빛 사이로 흩어졌다. 흩어진 형상은 똑같은 모습으로 떠오르지 않았다. 이대로 자버릴까도 생각했지만 그 애가 밤새도록 날 노려보고 있을 것 같았다. 오로지 그 애의 숙면을 위해서 일어났다. 나는 잠깐 책상 위의 비누를 바라보았다.

곧 옷을 갈아입고 샤워장으로 향했다. 손을 씻으면서 신입생 환영회의 장면이 뒤죽박죽 떠올랐다. 내가 한 말들을 떠올리니 멍청한 티를 낸 거 같아서 죽고 싶어졌다. 그러다 상대의 반응을 떠올리니 그쪽도 마찬가지로 멍청했기 때문에 더욱 우울해졌다. 둘 중 하나라도 똑똑했더라면 이런 기분은 들지 않을 것이다. 순간 비누가 손 안에서 미끄덩 하고 빠져나갔다. 나는 곧바로 비누를 집어들었지만 다시 놓치고 말았다. 거품 섞인 물은 어느새 모조리 흘러내려가고 있었다.

그리하여 나는 그냥 모든 사람에게 존댓말로 이야기하기로 마음먹은 것이다.

시간이 지나면서 눈에 익는 얼굴도, 기억나는 이름이 많아졌지만 나는 여전히 비누집 속 포장을 뜯어 놓아둔 비누를 생각하면 1초만에 눈물이 났다. 가끔 자기 전에 비누를 두 손으로 잡고 울기도 했다. 하지만 엄마에게 그런 마음을 티내지는 않았다.

엄마가 고향과 가족을 그리워하는 내 마음을 알게 되면 노골적으로 모성을 드러내며 집 가까이의 학교로 다시 진학하기를 권할 것이었다. 하지만 나는 그러기 싫었다. 엄마와 함께 있고 싶으면서도 함께 있고 싶지 않았다. 나는 엄마와 통화할 때도 늘 먼저 전화를 끊었다. 그러나 밤새도록 엄마와 이야기하고 싶었다. 이렇듯 하나의 감정을 애초에 없던 것처럼 연기해 보이는 방법을 배우게 되었다.

언니가 화난 것 같아서 말을 못 걸었어요

그러나 그것도 나의 감정이었다.

입학 학기는 아침 수업이 많지 않았다. 하지만 나는 새벽같이 일어났다. 언제나처럼 그 애의 침대 위에는 잠옷이 단정하게 개켜져 있었다. 그 애 컴퓨터가 켜져 있어, 별 생각없이 모니터를 쳐다봤다.

'나 그 언니 때문에 힘들어 죽겠어.'

그 언니가 나인지 아닌지, 뭐 때문에 힘들어 죽겠는지 모른 채로 나는 계속 문장을 되새기며 읽고 있었다.

나는 그 애가 날 바라보는 시선이 떠올랐다. 나의 반응을 살피는 듯한 눈빛은 간단히 무시할 수 있는 종류의 것이었다. 어차피 섞이지 않을 관계라면, 완전히 섞이지 않는 방식을 유지하는 편이 나았다. 감정이란 건 애매해질수록 귀찮아진다. 그래서 나는 그 애의 시선쯤은 간단히 무시할 수 있었다.

다만 친한 척하는 것과 그렇지 않은 것 사이에는 아주 얇은 막이 있을 뿐이다. 그러면서도 동시에 그 막이 아주 두껍기도 하다는 사실이 놀라웠다. 사람이 사람과 관계를 맺는다는 것은 전기 스위치를 켜거나 끄는 것처럼 결코 간단하지 않다. 하지만 결국 단순한 기술에 불과하다는 걸

새삼 깨닫는다.

나는 새벽 산책을 하기로 했다. 책장에 있던 비누를 꺼내 주머니 속에 넣고는 방을 나왔다. 동이 트기 전에는 채도가 낮은 푸르스름한 색감이 나무나 잡초의 잎사귀 잎맥 사이사이까지 스며 들어, 안 그래도 낯선 이곳이 더욱 낯설었다. 내가 존재하는 외부 세계는 내가 선택한 것임에도 불구하고 나에게서 완전히 분리되어 있는 듯했다. 나는 이상한 오기가 발동하여, 이 세계가 태양이 내뿜는 오렌짓빛으로 덧칠될 때까지 캠퍼스를 돌아다녔다.

양옆으로 벗나무가 길게 심어진 길을 걷다보니 해가 떠오르고 있었다. 그 길의 끝에 호수가 있었다. 호수는 아직 검푸르게 빛났다. 그 주위로 듬성 듬성 자라난 강아지풀, 수선화, 그리고 이름 모를 식물이 생기를 더해주었다. 호수를 둘러 배치된 돌들은 가까스로 계단 모양을 하고 있었다. 그 모습이 꼭 얼굴 없는 부처상처럼 보이기도 했다.

'나무아미타불.'

나는 불교의 불자도 모르면서 마음속으로 나무아미타불을 외웠다. 불교에서 읊도록 하는 구절이니 해서 나쁠 것은 없을 것이다.

나는 호수와 가장 가까이 있는 벤치에 앉았다. 호수에

언니가 화난 것 같아서 말을 못 걸었어요

오면 늘 앉는 곳이다. 호수 반대편 벤치에도 사람이 앉아 있었다. 이런 새벽에 호수까지 오다니 참 별난 사람이라고 생각하며 마음속으로 조금 헐뜯었다. 그 사람은 잠시간 일어나 있더니 신발을 벗고 호수에 발을 담갔다. 일어서서 기껏해야 호수에 돌이나 던질 것이라는 예상과 달랐다.

호수에 두 발을 담그는 것은 내가 하고 싶은 일이었다. 그러나 늘 망설이다 하지 못했다. 만약 누가 그런 모습을 본다면 꼴값 떤다고 생각할 것 같았기 때문이다. 호수에 발을 담그는 것이 왜 꼴값 떠는 일인지 알 수 없었지만, 나는 확실히 그렇게 생각하고 있었다. 그 사람의 다리가 물속으로 들어가면서 생긴 파문이 겹겹이 원을 그리며 호수 위로 번졌다.

발을 적시고 있는 그가 돌연 하늘을 향해 고개를 뒤로 젖히자, 나는 조금 놀랐다. 그 모습이 나의 동생 청우를 떠올리게 한 탓이다. 매일 청우를 생각하지만 다른 사람을 보고 청우를 떠올린 적은 결코 없다.

나는 청우를 잘 안다. 청우의 말은 내게 투명한 그릇처럼 느껴졌다. 청우도 그랬을 것이다. 이것에 대해 우기기는 싫다. 아마 청우가 함께 이곳에 왔었다면 비누를 벗겨 놓은 것은 그 애였을 것이다. 분명히.

한번은 이런 일이 있었다. 자전거 타기를 좋아하던 우리는 낮은 산턱에 있는 연못으로 하루에 한 번씩은 다녀왔다. 자전거 페달을 밟아 속도를 낼 때의 감각으로, 하루이틀 사이에 낼 수 있는 힘의 크기가 달라지는 걸 느낄 수 있었다. 그야말로 우리는 하루가 다르게 커가고 있었다.

우리는 여름방학이 시작된 그날도 자전거를 탔다. 하늘에는 뭉게구름이 떠 있었다. 우리가 아무리 달려도 구름의 근처에도 가지 못했다. 여러 층 사이로 그림자가 생겨 입체감을 가진 구름은 더욱 풍성하게 보였다. 우리는 서로 목적지를 말하지 않고, 낮게 나는 빨간 잠자리 사이로 자전거를 탔다.

청우의 셔츠는 등짝만 축축하게 젖어 있었고, 앞 단추가 달린 앞면은 뒤쪽으로 펄럭였다. 그의 평범한 땀자국이 아직도 선명하게 떠오르는 것은 기묘한 일이다. 삶의 평범한 장면들도 어떤 통렬한 충격에 비할 만한 모양이다.

우리는 약속이라도 한듯 연못에 도착하여 자전거를 세워놓고, 양지 바른 곳에 팔베개를 하고 나란히 누웠다. 눈을 감으니 땅 아래에서 들려오는 벌레 소리와 나무 위에서 지저귀는 새소리가 교차했다. 감은 눈 앞으로 커다란 조명

언니가 화난 것 같아서 말을 못 걸었어요

을 가져다놓은 듯 점점이 모양을 이루었다가 사라지는 노란빛의 광대한 세계가 펼쳐진 듯했다.

"오해가 나쁜 걸까?"

청우가 갑자기 말했다. 나는 눈을 떴다.

청우가 있는 쪽으로 바라보았다. 청우는 어느새 일어나 연못 안에 발을 담그며 하늘을 보고 있었다. 나는 머리 뒤로 베고 있던 손을 기지개 켜듯 태양 쪽으로 뻗었다. 손톱 끝과 손톱의 결, 손마디 사이로 태양이 통과하며 오렌지빛을 띠었다.

"그것보다 이해가 가능한지부터 생각해봐야 하는 게 아닐까?"

청우는 나의 대답을 듣고 한참 침묵했다. 나는 연못 주위의 돌멩이 두 개를 주워 손 안에서 굴렸다. 담배를 피우려다가 그만두었다.

"그럼 완전한 이해가 가능할 때만, 완전한 사랑이 가능한 걸까?"

청우가 물었다.

"그렇지 않을까? 그래서 아무것도 완전하지 못한 거지."

나는 대답했다. 너무나 쉬운 질문이었다.

이런 기억을 떠올리는 동안에도 호수 건너편의 그는 계속 하늘을 바라보고 있었다. 나는 그가 붉은 물감을 묻힌 붓을 살짝 뒤로 젖혔다 놓으면서 튀긴 것 같은 주근깨를 가지고 있는지 궁금했다. 그리고 눈동자 색은 어떤지, 웃을 때 얼굴에 어떤 모양의 주름이 생기는지도 궁금했다.

나는 그 사람에게 빠른 걸음으로 다가갔다. 주변은 조용했다. 내가 그쪽을 향해 발 디딘 소리가 컸지만, 그 사람은 나의 움직임 따위는 전혀 상관하지 않는 것 같았다. 발장구 치는 그의 발가락 끝에서 물방울이 햇빛을 받아 유리구슬처럼 흩뿌려졌다. 내가 그 옆에 서자 그는 하늘을 향했던 얼굴을 내 쪽으로 서서히 돌렸다. 시선은 한 박자 늦게 따라왔다. 나는 놀랐다. 그 애였다. 그 애는 기다렸다는 듯이 말했다. 평소와는 다른 말투였다.

"언니, 앉아요."

나는 이상하게 그렇게 하고 싶었다. 신발과 양말을 벗고 그의 옆에 앉아 호수에 발을 담갔다. 물은 아주 차가웠다. 나는 차갑지 않은 척했다. 평소보다 낮은 곳에서 보는 호수는 햇빛이 낮은 각도에서 넓게 반사되었다. 그 물살이 더욱 선명하고 촘촘하게 보였다.

언니가 화난 것 같아서 말을 못 걸었어요

"일찍 일어났어요?"

"네."

이야기는 짧게 끝났다. 그러나 이상하게도 그 애에 대해 알아야 할 것은 다 알게 된 것 같은 기분이었다. 나는 담배를 피웠다. 내가 담배를 끄자 그 애는 양말로 대충 발을 닦고 신발을 신었다. 나도 따라했다. 발가락 사이가 축축했다.

우리는 호수 쪽으로 멍청하게 서서 햇살을 받고 있었다. 그 애는 나를 쳐다보았다. 나는 해를 보고 있었지만 그것을 알 수 있었다.

그 애는 내 손을 잡았다. 그 애의 손은 아주 뜨겁고 끈끈했다. 그 애는 호수 근처의 공과대학 건물 화장실로 나를 데리고 갔다. 그 애는 어깨로 나의 가슴을 밀었고 나는 미는 방향을 따라 뒷걸음질했다. 우리는 화장실의 가장 마지막 칸 안으로 함께 들어갔다.

그 애는 나를 뚫어져라 바라보고 있었다. 섬유유연제 향이 진하게 났다. 나는 화장실 밖에서 보일 네 개의 다리에 대해 생각했다. 발가락 사이는 아직도 축축했다.

그 애는 나보다 키가 살짝 컸다. 내가 그 애의 얼굴을 보는 것은 어렵지 않았다. 얼굴에 주근깨는 없었다. 눈도

갈색이었다. 흰 피부에 난 점 몇 개가 흰 피부를 더욱 희게 했다. 처음 안 사실이었다.

"언니…."

갑자기 그 애는 내 앞에 더욱 바짝 붙어서며 말했다.

"…왜 그래요?"

"무슨 말이에요?"

내 뒤에는 더 이상 이동할 공간이 없었다. 나는 그 애의 손을 놓고 내 가슴 앞으로 손바닥을 들어올렸다. 나는 그 애의 손등에 남은 붉은 자국을 바라봤다. 담배를 피우지 않았으면 좋겠다고 그 애가 말했던 생각이 났다.

"난 키스할 생각이 없어요."

내 생각을 확실히 밝혀야겠다는 생각이 들었다.

그 애는 어이없다는 듯 웃었다. 곧이어 말했다.

"저도요. 제가 궁금한 건 저한테 화났느냐예요."

목소리는 부드러웠지만, 질문하는 방법이나 내용이 평소와 달리 당돌했다.

"…네?"

"방에 들어오면 인사도 하지 않고 바로 침대에 눕잖아요. 존댓말에…. 저는… 저는 언니가 화난 것 같아서 말을 못 걸었어요."

언니가 화난 것 같아서 말을 못 걸었어요

나로서는 이 질문에 뭐라고 대답할지 짐작조차 할 수 없었다. 나는 화난 게 아니다. 그 애가 날 싫어한 만큼 그 애를 싫어해준 것뿐이다. 나는 환영회 때의 일을 이야기하려다가 그만두었다.

　"아무것도 아니에요."

　나는 그 애의 눈을 바라보다가 잠기지 않은 문을 발로 찼다. 문은 힘없이 열렸다. 문의 각도에 따라 그림자가 길어지며 바닥에 드러누웠다. 화장실 바닥의 타일이 깨져 검은색 금이 가 있었다. 그 금들은 사방으로 뻗어 있었다. 그래도 깊게 파인 곳 없이 바닥은 제 역할을 하고 있었다. 그 애는 잠깐 고개를 돌리더니 열린 문 사이를 바라보았다. 그리고 무언가를 마음 먹은 사람처럼 서 있었다. 말을 머뭇거리는 사람의 표정이 대개 그렇듯 그 애는 이마와 콧등에 주름을 살짝 만들었다가 폈다 반복했다.

　"제 맘대로 언니 비누 포장 뜯은 거 눈치 챈 거죠?"

　"그게 무슨 말이에요?"

　"나 눈치주려고 그 비누를 책상 위에 올려놓고 있는 거 아니에요?"

　"눈치요?"

　"네. 언니 비누요. 언니가 기숙사 처음 들어왔을 때 제가 포장을 뜯어서 한번 썼어요."

그 애의 목소리는 아주 오래된 우물에 머물러 있는 공기를 떠오르게 했다. 그 말을 들었지만, 머리에서 내용이 해석되지 않고, 글자들로만 어지러이 돌아다녔다. 그때까지도 내 주머니 속에 들어 있던 그 비누가, 엄마가 나를 위해 포장을 벗겨놓은 것이 아니라는 말이었다. 그 행동의 이유도 사랑이 아니었다. 사랑은 이해하는 쪽이 아니라 언제나 오해하는 쪽이 먼저 시작한다.

나는 눈을 감아버렸다. 사랑은 누군가를 잘못 이해한 채 오래 견디는 일인지도 모른다. 그 견딤이 나를 사람으로 만들었다고 믿기로 했다. 비누가 비누집에 놓여 있던 장면과 난데없이 터졌던 눈물까지, 이제는 완전히 새로운 맥락이 생겨났으나 나는 아직 오해의 선악을 오해하는 기분이 들었다. 평소에 나를 쳐다보던 그 애의 눈을 떠올렸다. 그것은 나를 이해해보려는 일종의 기도였을까.

눈을 살짝 떠보니 아주 멀고 아주 가까운 하늘이 창 앞에 펼쳐지고 있었다. 하늘은 이미 푸른색을 되찾고 있었다. 구름만이 박제된 것처럼 떠 있어 서로 어울리지 않았지만 그조차도 아름다웠다. 나는 그 애의 손을 잡았다. 나와 같은 온도의 손이었다. 그것으로 충분했다.

언니가 화난 것 같아서 말을 못 걸었어요

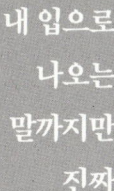

내 입으로
나오는
말까지만
진짜

음악이 구리면 카페는 망해요

"워낙 돈이 없었으니까."

나는 변명하듯 말한다.

"그래요, 누구라도 그렇게 했을 거예요. 상황이 그랬어."

혜경 씨가 얼른 볼펜을 내려놓으며 내 말을 받는다.

"당신이라도?"

내가 묻는다. 혜경 씨는 '네'라고 대답했지만, 진심은 아니다. 대답의 타이밍이 애매했기 때문이다. 대답은 타이밍이 중요하다.

혜경 씨는 유순한 성격을 가졌다. 나와는 거의 모든 것이 반대다. 그래서 나는 귀가 멀 때까지 소리를 지르고 싶다. 나는 위로도, 가정도, 거짓말도 싫다.

그러나 혜경 씨는 나를 위로하기 위해 자신에게는 절대 있지도 않을 일을 가정하고, 티가 나는 거짓말까지 하고 있다. 나는 혜경 씨가 나를 차라리 죄인으로 몰아붙였으면 좋겠다고 생각했다. 혜경 씨는 어느샌가 내 어깨에 손을 얹고는 엄지손가락을 위아래로 움직이며 어루만진다. 나는 이런 혜경 씨의 행동에 두 손 두 발 다 들었다.

"저기요, 내가 어디까지 진짜 있었던 일을 말할지 잘 모르겠는데…. 일단 듣고 그냥 진짜라고 믿어줄래요? 나도 나 좋을 대로 말할 테니, 혜경 씨도 좋을 대로 해줄 수 있어요?"

"네, 어서 말해보세요."

다시 볼펜을 잡고 혜경 씨가 대답한다. 듣는 사람의 반응을 보면서 이야기 수위를 조절하겠다는 뻔뻔한 암시를 담은 말의 끝에도, 순한 혜경 씨는 조금의 거부감을 드러내지 않는 것이다. 혜경 씨는 볼펜을 딸깍거리며 내 입을 쳐다보고 있다. 나는 차라리 혜경 씨의 눈빛이 조금이라도 불안하게 변하기를 기대했기에 맥이 풀린 기분이 든다. 또다시 소리를 빽 지르고 싶어진 나는 그만 말해버린다.

"그래서, 나 오빠 죽였어요."

아랫배가 살짝 아프다.

혜경 씨는 순간적으로 숨을 멈춘다. 혜경 씨가 즐겨 입는 하얀색 가운의 제일 위쪽 단추가 달랑거린다.

"누굴 죽였다고요?"

내 입으로 나오는 말까지만 진짜

혜경 씨가 묻는다.

"오빠 말이에요, 우리 오빠."

나는 앞서 했던 말을 다시 반복하는 것이 짜증난다.

"이 선배 말하는 것인가요, 아니면…."

혜경 씨가 말하는 '이 선배'란 곧 내 애인이다.

"방금 한 말 다시 한 번 말해보시겠어요. 죽였다고 한 부분부터 이어서."

혜경 씨는 내가 맞다 그르다 이야기를 하기도 전에 목소리에 힘을 주어서 말한다. 혜경 씨가 이렇게 큰 소리를 내는 것은 정말 잘 볼 수 없는 일이다. 늘 이상할 정도로 또박또박 발음하긴 하지만 말이다. 나는 혜경 씨한테 속삭인다.

"근데 여기 음악 너무 구리지 않나요?"

혜경 씨는 대답을 하지 않고 볼펜을 잡고 있다. 나는 팔짱을 낀 포즈가 지겹다. 이 자세도 익숙해지면 괜찮다는데 나한테 아직은 아닌가 보다. 나는 허리를 좌우로 비튼다. 천이 팽팽히 당겨진다. 혜경 씨에게 물을 달라는 요청을 하고는, 다시 말한다.

"병원도 아니고 웬 클래식만 주야장천 튼다니…."

신화

  이 선배와는 친구의 소개로 만났어요. 3년 전 봄이었어요. 이 선배는 친구가 잠깐 다녔던 대학교의 선배였지만, 친구도 그때까지 이 선배와 연락하고 지내는 사이는 아니었어요. 나랑 친구가 카페에 함께 있는 것을 우연히 본 그가 아는 척을 해왔고 결국 합석을 했죠. 이런 상황이면 사실상 소개는 아닌 것인가? 아무튼.

  셋이 함께 앉아 있다 친구가 화장실에 간 사이 그가 내게 쪽지를 내밀었어요. 쪽지를 펴보니 이렇게 쓰여 있었어요.

    전화주세요. 친해지고 싶습니다. 이정현 010-3916-○○○○

  나는 바로 옆에 있는데 왜 말로 하지 않느냐고 물어보았어요. 그는 그냥 웃었죠. '.'와 '이'의 자간에 생략된 이야기가 그의 귀를 빨갛게 만든 것이 분명했어요. 간단하면서도 복잡한 의도로, 우선은 '친해지고 싶습니다'로 포장된 기만과 거짓으로 내게 한걸음 다가오려는 시도일 테죠. 그것을 배경으로 결국은 내 다리 사이를 파고들고 싶은 것이겠죠. 또한 친해지고 싶다는 것은 여러 의미로 해석할 여

        내 입으로 나오는 말까지만 진짜

지가 있으니, 혹여 미래의 자신이 부릴 수도 있는 변덕의
변명거리로써의 구실을 할 수도 있을 거예요.

어쨌거나 내 물음의 파동으로 인해 그의 상상의 끝에서
우리는 같은 이불을 덮고 있는 게 분명해 보였지요. 한편
빨간 귀를 내보임으로써 그것 하나 뻔뻔하게 숨기지 못하
는 그가 나는 귀여웠어요. 나는 곧 다가오는 생리예정일을
머릿속으로 헤아려보고 피임약을 사야겠다고 생각했지요.

나는 쪽지의 뒷면에 그가 쓴 두 문장을 그대로 베껴 적
고, 번호 대신 내 인스타그램 아이디로 바꾸어 적은 후에
그에게 다시 건넸어요. 친구가 화장실에서 돌아오고 나서
최근에 자신에게 일어난 여러 일들을 끊임없이 이야기했
죠. 본의 아니게 중개 역할을 맡은 친구는 어색한 사이의
틈을 메우려고 노력한 것이겠죠. 같은 내용을 조사나 부사
만 바꿔서, 했던 얘길 또 하고 또 했답니다. 지금 와서 하
는 이야기지만 사실 그것은 이미 듣는 이의 관심이 어떻든
상관없는 수준이었어요. 아무튼 그때 DM이 왔죠. 마주보
고 앉아 있는 그에게서였어요.

카페 나갔다가 우리끼리 다시 만날까요?

진짜 비열하고 정말 사랑스러운 제안이었죠. 얼마 있지 않아 그는 내가 보낸 답장을 확인했고, 그의 귀는 또 빨개졌어요. 나는 피임약은 생리통 완화에도 좋다니까 이번 달부터 어서 먹어야지 하고 생각했어요.

우리는 각기 다른 핑계로 친구와 헤어지고 그곳에서 조금 떨어진 다른 커피숍에서 다시 만났어요. 뭣 때문인지 그의 얼굴이 어딘가 달라 보였죠. 그는 나보다 뒤늦게 도착했어요. 그가 카페로 들어오기 전에 머리 모양이나 옷매무새를 단장하는 모습을 떠올렸어요.

나는 그가 자리로 가까이 오기 전에 가방 안에 보이는 고탄력 스타킹의 빈 포장지와 방금 전 시간으로 발행된 약국의 영수증을 가방 속 깊숙이 밀어 넣었답니다.

나는 그가 쪽지로 내게 말 걸었던 만큼 내성적인 사람일 것이라고 생각했지만, 말을 할 때 시선을 다른 곳으로 보내는 일은 전혀 없었어요. 내 눈을 똑바로 쳐다보는 것이나 목소리에 실린 힘과 톤, 자연스레 내 이야기를 유도해내는 솜씨가 오히려 나를 내성적인 사람으로 만들 정도였어요.

특히 그와 나는 좋아하는 가수나 책, 영화나 식성이 같았고 자전거 타기를 좋아하는 것이나 새벽에 산책하는 것,

내 입으로 나오는 말까지만 진짜

스트라이프 티셔츠를 좋아하는 것, 다 쓴 물건을 잘 버리지 못하는 것, 겨울보다 여름, 노래의 가사를 기분 내키는 대로 바꿔 부르는 것, 긴장하면 손톱을 물어뜯는 것, 그리고 야동을 좋아하는 것까지 같았지 뭐예요.

보통 남자들은 야동을 좋아한다고 하지만, 적어도 내 애인이었던 남자들은 야동을 싫다고 했었다고요. 야동을 좋아하냐고 물어보면 그들은 '나는 다른 남자와는 달라'라는 대사와 함께 절대 좋아하지 않는다고 했죠.

나는 실망했어요. 왜 나는 다른 남자와는 다른 남자만 만나게 되는지. 나는 야동을 좋아하기 때문에 야동을 좋아하는 남자를 만나고 싶었죠. 만약 내 남자친구였던 놈들이 야동을 좋아한다고 솔직히 말하면 변태성욕자처럼 보일까봐 내게 거짓말했던 거라면 그건 그것대로 싫은 겁니다. 무슨 속내를 가지고 있기에 맞는 것을 맞다고 하지 못한 것인지 말이에요. 또 그렇다면 결국은 다른 남자와 다르지 않으면서 다른 남자 운운한 셈이잖아요. 아, 뭐, 그렇다고 야동에 심취하여 사고팔고 하는 정도를 원하는 건 아니지만.

아무튼 그는 좋아하는 것을 좋아한다고 말할 줄 알아서 '나는 다른 남자와는 달라'라는 말을 하지 않아도 다른 남

자와는 달랐죠. 야동의 '야'자만 꺼내도 정색하며 나를 무
안하게 만든 남자들과는 달리, 그는 내가 야동 이야기를
꺼낸 것이 재미있었는지 대화 내내 미소 뒤에 숨겨왔던 웃
음소리를 빨간 귀와 함께 내보였어요.

어느새 카페가 문을 닫을 때가 되어 우리는 거리로 나
왔죠. 나는 사실 밤새 영업하는 카페도 몇 군데 알았지만
11시면 문을 닫는 카페로 약속을 잡은 거예요. 어떤 전개
로 흐르던 간에 타의에 의한 결정이 자연스럽게 다음 단계
로 넘어가도록 해준다는 것을 알기 때문이었죠.

3월 말의 밤은 생각보다 쌀쌀했어요. 그의 콧구멍에서
김이 씩씩하게 뿜어져 나오고 있었고요. 나는 내 콧구멍에
서도 그와 같은 모양으로 김이 뿜어져 나오는 것을 생생히
그려낼 수 있었죠. 그래서 나는 최대한 숨을 세게 쉬지 않
고 걸었답니다. 추워하는 것이 티가 난다면 그가 나를 혹
시 집으로 들여보낼까 염려하여 떨지 않기 위해 배에 힘을
주고 걸었어요. 하지만 눈치 빠른 그가 외투를 벗어 내 어
깨를 감싸주려고 했고 나는 두 번 거절했지요. 세 번째에
그 옷을 입은 대신 나는 내 어깨 위에 놓인 그의 손을 잡았
어요. 내 손보다 오히려 그의 손이 더 따뜻했기 때문에 그
다지 그의 추위에는 도움이 되지 못했지만 나는 그대로 잡

내 입으로 나오는 말까지만 진짜

고 있었어요.

우리는 평소라면 절대로 들어가지 않았을, 지은 지 오래된 건물의 잠기지 않은 비품실로 들어갔어요. 나는 카페에서 나왔을 때부터 그가 나를 모텔로 데려갈 것이라고 예상했어요. 사실 싫지는 않지만 정말로 그 예상대로 된다면 여태 가져왔던 그에 대한 좋은 인상은 물론, 그와의 만남 자체가 결국 할 말 없을 때 꺼내는 농담거리로 남을 거라고 생각했죠.

그의 경우에도 마찬가지였죠. 그런데 그는 그런 내 마음을 읽기라도 한듯 수많은 모텔 앞을 지나치고는 나를 그곳으로 데려간 거예요. 나는 그를 잃지 않게 될 거라는 기대를 하게 만든 그 비품실이 너무 마음에 들었어요. 오랫동안 열리지 않았던 것 같은 문은 예상 외로 쉬이 열렸지요.

문이 열리면서 아래 모서리가 먼지 쌓인 바닥에 반원을 그렸죠. 우리는 아지랑이 모양으로 피어오르는 먼지 너머 신기루처럼 펼쳐진 사물의 윤곽으로 그곳의 넓이를 짐작해보았어요. 우리는 곧 어둠 사이로 파고들었습니다. 나는 탁한 공기에 기침이 나오려는 것을 가까스로 참았어요. 기침을 하면 그가 나를 이런 곳에 데려온 걸 자책하며 그대

로 집으로 들여보낼 것 같았거든요. 나는 아무것도 개의치
않는다는 것을 보여주기 위해 아무렇게나 바닥에 주저앉
았답니다. 그도 내 앞에 마주보고 앉았어요.

그의 머리 너머로 커다란 창에는 달이 떠 있었어요. 마
치 그의 머리 바로 위에 떠 있는 것처럼 보였지요. 나는 그
의 머리에서 달이 점점 멀어지는 것을 보며 시간의 흐름을
가늠했어요. 달이 지는 것이 어찌나 아쉬웠던지, 앉은 자
리를 옮겨 다니면서 기어코 그의 머리 위에 달을 올려놓았
지요. 아마 그는 내가 앉은 자리가 불편해서 참을성 없이
옮겨 앉는 줄만 알았을 거예요. 우리는 서로에게 서로가
없었던 때 살아온 날들을 거의 토하듯 이야기했어요. 그동
안 그는 내 다리 사이를 파고들려는 그 어떤 시도조차 하
지 않았죠.

그가 학교에 들어가기 전까지는 누구나 자기와 똑같이
사는 줄 알았다고 말했어요. 그때 그는 처음으로 나와 시
선을 맞추지 않았지요. 그의 눈동자는 허공 어디쯤을 황
망히 좇고 있었어요. 그는 고아라고 했어요. 의식의 윤곽
이 또렷해지던 어느 순간부터 세상에 홀로였다고 했어요.
한 가지 다행인 건 애초에 엄마나 아빠의 개념이 없어, 남
들에게나 고아일 뿐이고 나는 그냥 나일 뿐이라고 했지요.

내 입으로 나오는 말까지만 진짜

어떤 것도 그립거나 슬프지 않다고도 했어요. 하지만 그의 말과는 달리 은폐된 감정들이 어둠 속에 파묻힌 그의 눈썹과 이마에 그대로 드러났죠. 잠시 침묵의 틈으로 쉬쉬 바람소리가 들렸죠.

"난 아마 서른 살 전에 죽을 것 같아요."

나도 모르게 뱉어낸 말이에요. 하지만 그를 위로하기 위해 내가 가질 만한 시련을 억지로 지어낸 건 아니었죠. 이건 경연대회가 아니니까요. 이 생각은 뚜렷한 이유 없이 꽤 오랫동안 나를 지배하고 괴롭혀왔어요. 실처럼 가늘어 졌다가 어느새 둥글어지기를 반복하는 달처럼 죽음의 경계는 정도의 문제일 뿐 항상 나를 찾아왔죠.

하지만 이 문장이 가진 무게 때문에 감히 혀끝에조차 올려보지 못했죠. 그런데 하필 이때 아무 망설임 없이 튀어나온 걸 보니, 이 순간을 위해 그토록 참아온 모양이었습니다.

"넌 서른에 죽을 리가 없어."

그가 진지하게 말했어요.

"내가 있으니까."

그의 말 한마디로 내 죽음은 정말 미뤄진 것처럼 같았어요.

"그렇다면 당신도 세상에 홀로일 수 없어."

나는 기쁨에 차서 말했습니다.

"내가 있으니까."

우리는 해가 뜨기 전 푸른빛의 새벽에 내 방으로 들어
와 누웠고, 손을 잡았고, 침대 위에서 섹스를 했습니다.

동거

타이밍이 참 절묘했어요. 우리가 만난 지 얼마 되지 않
았을 때 그의 방 월세 계약이 끝났거든요. 그는 새집을 찾
는 대신 나와 아침마다 같은 천장을 보고 일어나는 것을
선택했어요. 그가 살던 방은 모든 세간이 붙어 있는 방이
었어요. 그래서 계약이 끝나는 날 내 방으로 옮길 짐은 옷
가지 몇 벌과 쓸 만한 부엌용품 정도였죠.

거짓말이에요. 사실은 계약이 끝나기 한참 전에 이미
그의 짐이 내 방에 있었기 때문에 계약이 끝나는 날 옮길
것은 아무것도 없었습니다.

그와 함께 자던 첫날 밤, 신기한 경험을 했어요. 나는
혼자 산 지 꽤 되었지만 불을 끄고 잠들지 못했거든요. 어
둠 속에서 잠을 청할 때면 외려 내 몸의 모든 세포가 모조
리 기상하는 기분이 들었기 때문이에요. 전등의 전원을 내

내 입으로 나오는 말까지만 진짜

리고 누우면 평소에는 의식하지 못했던 내 몸의 구석구석이 자신의 존재를 알리기 위해 날뛰었고, 방 벽의 네 모서리에서 그 아우성을 듣고 커지는 검은 그림자가 아른거려서 도저히 잠들 수가 없는 거예요.

불이 켜져 있는 환경에서 잠을 자면 암 발병률이 높아진다는 기사도 읽었지만, 도저히 끌 수가 없었어요. 거기다 잠을 충분히 자지 않아도 암 발병률이 높아진다는 기사도 읽었죠. 결국 불을 켜고 자나 불을 끄고 못 자나 암 따위야 뭐 상쇄되겠지 생각해버리고는 편한 대로 불을 켜고 잤지요. 불을 끄면 당장 나타나는 은근하고 묵직한 검은 그림자가 암보다 더 두려웠거든요.

그와 함께 자던 첫날밤은 불을 끄고 자리에 누워도 그런 일이 일어날까봐 걱정되지도 않았어요. 그리고 그런 일이 일어나지도 않았지요. 그의 옆에서 나는 원래부터 불 꺼진 깜깜한 방에서 자던 사람이었죠. 그는 원래부터 내 옆에서 자던 사람이었고요. 더 이상 어둠이 무섭지 않았지만 불이 꺼지면 신음을 내며 그의 품속으로 파고들었습니다. 그러면 그는 나를 더욱 깊이 안아주었고 나는 그것이 좋았어요. 그리고 불도 끄고 잠도 잘 자니 확실히 암에 걸릴 확률은 낮아진 셈이죠. 그것도 좋았어요.

하지만 우리가 밤에 불을 끄고 잠드는 일은 점점 드물어졌습니다. 딱히 이른 아침에 일어나야 할 일이 없어, 자는 시간은 점점 늦춰졌고 어느새 한밤의 들짐승처럼 눈을 반짝이며 깨어 있었죠.

애인은 수학 과외를 하다가 조금 쉬는 중이었고 나는 단기로 하는 마트 제품 홍보 아르바이트나 시식대 아르바이트, 가게 오픈 내레이터 모델 일 정도만 했어요. 그나마도 성실히 하지 않아 차감된 돈만큼 욕을 얻어먹고 적은 돈을 입금받았지만 상관없었죠. 우리가 만나기 전에 모아두었던 돈으로 생활해도 되었으니까요. 우리가 지낸 방은 창문이 하나밖에 없었어요. 그나마도 앞 건물이 가까이에 있어, 아침이고 낮이고 볕이 잘 들지 않았죠. 어차피 낮에도 낮답지 않아 밤낮이 바뀐 우리에게 문제될 건 하나도 없었답니다.

우리는 살을 붙이고 누워 있으면서도 1미리미터도 떨어지기 싫었어요. 우리의 성기는 섹스만을 위한 것이 아니었어요. 우리는 매일 같이 좁고 어두운 방 안에서 서로 태아처럼 웅크리고 포개어 누웠죠. 비워진 곳은 채운 채로, 밖에 있는 것을 안에 넣으며 이어져 있었습니다.

내가 당신의 엄마가, 여동생이, 딸이, 되어줄게. 당신은

내 입으로 나오는 말까지만 진짜

나를 1천 년 동안 살게 해줘. 단 한 번도 서로의 말로 언급한 적은 없었지만, 우리는 그 행위로 만들어진 형태가 우리의 원형을 나타낸다고 믿었죠.

어느 신화에 나오는 이야기처럼 우리는 원래 하나라고. 우리는 신화야. 나는 잠드는 대신 그의 규칙적인 숨소리를 들으며 속으로 끝없이 되뇌곤 했어요. 어느 순간 그의 달라지는 숨의 리듬에 맞춰 잠에서 깬 시늉으로 몽롱한 눈을 떠 보이면 마주친 그의 눈은 나와 같은 그것이었습니다.

그렇게 자고 일어나면 우리의 아랫도리는 축축해져 있어 움직이기 좋았어요. 그 행위 중에서도 우리의 셈으로는 우리는 한 명이었습니다. 이건 비유가 아니에요. 나는 정말로 우리가 한 명이라고 생각했어요. 한 영혼이 두 신체에 깃든, 현재까지 밝혀진 과학으로 설명되지 않는 사건이 우리에게 일어난 것이라고. 그래서 우리는 알려지지 않은 신화 자체였지요.

나는 그보다 어렸지만 그는 내 자궁에서 잉태된 아들이었어요. 나는 유일한 자식을 가진 어미로서 다른 생명을 품어서는 안 되었습니다. 우리가 같이 살지 않았던 세월이 오히려 믿기지 않을 정도였죠.

나는 가끔 인터넷 검색창에 '동거'라고 치고서는 가만히 들여다보다가 곧장 닫아버렸어요. 그 단어는 내가 중학생이 되기도 전, 어느 여름 날, 유난히 창백한 낯빛을 한 엄마의 입에서 처음 들었던 단어였어요. 엄마는 누군가와 통화하고 있었어요. 엄마는 수화기에 연결된 꼬불꼬불한 선을 검지에 말았다가 풀었다가 하며 미간에 그림자가 지도록 인상을 쓰고 있었죠.

수화기 너머로 뭉개져 흘러나오는, 성을 짐작할 수 없는 목소리는 내게 점묘화를 떠올리게 했어요.

"그년이랑 동거해?"

엄마는 기묘하게 꺾이는 높은 음으로 상대에게 되물었고 나는 그 목소리의 화기에 덴 듯 놀랐지요. 어떤 뜻의 단어인지는 몰랐지만, 엄마의 반응이 곧 그 단어의 의미를 희미하게나마 짐작하게 했어요. 그것이 물건이라면 더럽고 추접하고 저열하고 부패한 형태를 가지고 온갖 종류의 쓰레기와 함께 뒹굴고 있을 것이었다는 말입니다.

그래서 '동거'라는 단어를 입에 올리는 순간 우리 생활이 불순한 의미를 내포하는 것으로 치환될 것만 같았어요. 그래서 나는 두려움 때문에라도 그것에 대해 그와 직접 대화한 적이 없었지요.

그냥 머릿속으로 나와 그가 나눌 법한 대화를 상상했어

　　　　내 입으로 나오는 말까지만 진짜

요. 상상에서조차 나는 그 단어를 쓰지 않고 우리 생활이 그것보다는 더 멋진 이름으로 불려야 한다고 생각했지요. 뭐가 좋을까?

'우리는 단순히 같이 사는 것이 아니라, 살려면 같이 있을 수밖에 없는 거야. 우리는 하나니까.'

머릿속에서 그가 말했어요. 언젠가 실제로 비슷한 말을 들었던 것 같기도 했습니다. 하지만 나의 믿음과는 달리, 다른 이들은 우리의 생활을 내가 경계했던 그 단어로 손쉽게 정리하곤 했죠.

같이 산 지 한 달 정도 되었을 때 건물관리인이 현관 앞에서 손을 잡고 들어오는 우리를 향해 말했습니다.

"동거?"

그의 말투는 무신경했죠. 내가 적당한 대답을 생각해내기 전에 관리인이 말했습니다.

"…동거하면 동기인은 따로 명부에 올려야 합니다."

우리는 아무 말도 못하고 서 있었습니다. 애인은 내 손을 슬쩍 놓았어요. 다시 관리인이 물었어요.

"관리사무소 위치 아시죠?"

"…네."

나는 괜히 손바닥을 비벼 때를 밀며, 거의 들리지도 않을 정도로 대답했습니다.

"안전상 조치예요. 꼭 들려주세요."

우리는 신고할 '동거인'이 없었기 때문에 관리사무소에 들르지 않았어요. 우리는 한 명이나 다름없었으니까요. 그 대신 관리인과 마주치지 않도록 조심해서 현관을 드나들었죠.

이 일 이후로 가끔 마트나 옷 가게 같은 곳에서 마주친 사람들이 우리의 관계를 물어오면 그는 나서서 부부라고 대답했어요. 그의 대답으로 인해 나는 그 역시 나와 마찬가지로 우리 사이를 '동거'와는 차원이 다른 것으로 여기고 있다는 것을 간접적으로 확인할 수 있었죠. 으레 당연한 것은 되묻지 않는 법입니다.

나는 그가 사람들에게 우리를 '부부'라고 소개하고 난 뒤, 단 둘이 남게 되었을 때도 그 발언에 대해 일절 말하지 않았어요. "우리 부부야?" 하면서 호들갑 떨고 싶어 죽을 것 같았지만 말이지요. 서로에게 굳이 설명하지 않아도 이미 설명되어 있다는 건 근사하잖아요. 하지만 나는 그를 '좋은 소식'으로 우리 집에 알릴 생각이 눈꼽만큼도 없었어요. 우리 오빠 때문이었죠.

내 입으로 나오는 말까지만 진짜

아빠가 집을 나가고 나서부터 엄마의 밤 외출은 눈에 띄게 늘었어요. 어디로 향하는지 모를 엄마의 갑작스런 외출에 써늘한 집 안에 남겨진 우리 남매는 당황했습니다. 그전까지는 꽤 상냥한 오빠였어요. 오빠가 겪은 당황함이 어떻게 널을 뛴 건지, 오빠는 엄마가 집에 없을 때는 조용히 자기 방에 있다가 엄마가 집에 들어오기만 하면 나를 때리기 시작했습니다.

나는 두 배로 당황하기 시작했죠. 오빠가 이유라고 지껄이는 것을 들어보면 대개 어이가 없는 것이기 때문에 차라리 나는 묻지도 않고 가만히 맞았습니다. 납득도 안 되는 이유를 듣는 것보다 차라리 내 속에서 이유를 찾는 것이 마음 편했기 때문이에요.

엄마는 나보다 키도 작고 마르고 약했기 때문에 오빠가 휘두르는 폭력으로부터 나를 완전히 보호해주지 못했어요. 차라리 묵인했다고 하는 게 옳겠습니다. 그렇게 하지 않았으면 아마 엄마도 오빠에게 맞았을 거예요. 오빠에게 대들지 않음으로써 부모의 위상을 지키고 있던 셈이지요.

언젠가 오빠는 밤 늦게 귀가한 엄마를 기다렸다는 듯이 현관으로 들어섰어요. 오빠는 곧장 나를 찾았고 영문도 모른 채 현관 앞에 선 나를, 정확히 내 뺨을 열네 번 후려갈

겼죠. 내 고개는 정확히 열네 번 돌아갔어요. 내가 뺨을 세 번 맞았을 때 안방 불이 소리 없이 꺼졌고요. 일곱 번 맞았을 때 안방 문이 소리 없이 닫혔죠.

나는 고개가 꺾이는 홀수 번째마다 완전히 닫히지 않은 깜깜한 문틈 사이를 바라보았어요. 안방 안에는 빛과 소리와 엄마를 먹고 앉은, 어둠보다 더 깊은 그림자가 은근하고 묵직하게 제자리를 돌고 있었죠. 나는 속으로 내 고개가 꺾이는 회수를 정확히 세면서 그 리듬에 맞추어 오빠의 배에 칼을 쑤시는 상상을 했습니다.

대학에 들어가게 되면 이 집을 떠나리라 마음먹은 것은 어쩌면 당연했어요. 하지만 저는 대학을 들어가기 위해 삼수를 하게 됐죠. 첫 학기 등록금만 약속한 채로 엄마는 내게 등 돌리고 누웠어요. 어느 대학에 합격했다고 했지만 그건 거짓말이었습니다. 엄마가 준 등록금으로 방을 구했어요. 이유야 어찌되었건 성인이 된 나는 가족들과 함께 살기 싫어 나조차도 처음 들어본 이름의 도시에서 독립하게 된 거죠.

더 이상 오빠를 보지 않아도 된다는 사실이 너무 기뻤어요. 하지만 그 집구석을 나오게 되면 결국 오빠를 상대해야 하는 사람은 엄마였죠. 엄마가 등 돌린 채 건네는 말

내 입으로 나오는 말까지만 진짜

을 마음으로 들으면서도, 나는 모르는 척 엄마가 어렵게
마련했을 돈만 챙겨 나와버렸다는 죄책감을 떨칠 수 없었
죠. 거기다 가족을 내친 자리에 누군가를 들어오게 했다는
죄스러움에, 한 달에 한 번은 오빠가 없는 시간에 짧게 본
가에 갔다왔어요.

'쌍년아, 나는 널 때리고 싶을 때 언제든 때릴 거니까 항
상 준비하고 있어라. 니가 아무리 집나가 산다고 해도 소
용없다.'

오빠가 쓴 쪽지가 엄마 키에는 닿지 않는 곳에 두는, 내
컵 안에 들어가 있었어요. 다행히 오빠는 쪽지에 쓰여 있
는 것처럼 내가 혼자 사는 방까지 찾아와 나를 때리지는
않았어요. 하지만 나는 오빠가 내게 애인이 있다는 사실을
알게 된 순간, 어떻게든 나를 수소문할 것이고, 나와 그를
동거라는 추접한 단어로 묶을 것이 분명했죠. 최후에는 나
를 죽이려 할지도 몰랐죠. 애초에 의심의 씨앗부터 제공하
지 않아야 했습니다.

사실 우리는 인맥이라고 해봐야 나와 애인이 같이 아는
친구를 제외하면 전혀 겹칠 일이 없었어요. 그래서 그 친
구들을 제외한 다른 사람에게 서로를 소개할 때야 비로소
실제로 존재하는 사람이 되었죠.

우리는 서로의 말 한 마디에 이 세상에 등장했고, 우리는 서로에게 서로가 있어야 진정으로 존재한다고 생각했어요. 그래서 우리 가족에게는 결코 그가 존재하지 못할 서라는 것을 이미 알았답니다. 우리가 동거를 한다는 사실을 오빠가 안다면, 우리가 오빠에게 죽임을 당하지 않을 수 없기 때문이죠.

1년

우리가 같이 산 지 1년이 지났을 때, 내 통장엔 잔액이 거의 없었어요. 어쩌면 당연한 일이었죠. 우리는 돈벌이를 거의 내팽겨치고 함께 지내기만 했거든요. 나는 생활비로 쓰기 위해 소액 생계비 대출을 받았는데, 그것도 이미 어디로 갔는지, 통장 잔액을 보면 조급함이 들었습니다.

그 무렵 애인은 과외를 하나 하게 되어, 한 달에 40만 원씩 몇 달간 수입을 올리고 있었죠. 나는 그 돈을 딱히 쓰는 것 같지 않아 꽤 모였지 않을까 하고, 생활비를 부탁할 요량으로 그에게 물었어요.

그는 돈을 고스란히 자신의 학자금 대출을 상환하는 데 메꾸어왔기에 모은 돈은 하나도 없다고 했습니다. 그러면서 자기 것의 상황이 다 끝나면 내 것을 같이 갚자는 것이

내 입으로 나오는 말까지만 진짜

었어요. 아니, 학자금 대출을 갚고 있었다고? 나는 컴퓨터 게임을 하고 있는 그의 뒤통수를 바라보다가 다시 은행 앱에 들어가서 다음 달 월세비로 나가면 0에 수렴할 짧은 숫자를 확인했죠. 머릿속의 계산기가 1년치 통장 정리를 한꺼번에 하고 있었어요.

그러고보니 그와 만난 후 벌이가 시원치 않아 미뤄두었던 내 대출 이자 상환도 다다음 달부터 시작될 예정이죠. 나는 빚을 내고 쓰기만 했고, 그는 내가 낸 빚을 쓰면서도 자기 몫의 빚을 갚았다는 거죠. 나는 갑자기 찬물을 뒤집어 쓴 것 같았습니다.

'아, 이렇게 그와의 생활을 주판을 튕겨 셈해도 되나?'

나는 생각했어요.

'이것은 신성모독이다!'

반성했습니다. 그리고 다시 생각했지요.

'신성모독인가?'

나는 의식적으로 우리가 처음 만났던 날의 달 밝은 밤을 떠올렸습니다. 달의 궤적을 따라 바닥에 찍혔을 내 엉덩이 자국.

아니 그런데 내 돈을 쓰면서 자기가 번 돈은 자기 빚을 갚은 쪽으로 먼저 주판을 튕긴 거 아닌가? 내가 한 것이

신성모독이라면 그는 염소머리를 뒤집어쓴 꼴 아닌가? 우리는 하나야? 그럼 왜 나만 손해를 보는 거지? 우린 하나가 맞나? 하여튼 나는 기분이 정말 좋지 않았습니다.

나는 그냥 애인에게 우리 이젠 일을 좀 늘리고 돈을 벌어야겠다고 말했어요. 애인은 말이 없었죠. 키보드를 누르는 소리와 클릭 소리만 계속 들려왔습니다. 나는 모니터를 바라봤죠. 모니터에 비친 애인의 얼굴이 몹시 낯설었어요.

"못 해먹겠네."

애인은 마우스를 내던졌습니다. 나는 뒤돌아 누웠어요.

다음 날 아침 관리사무소에 들렀습니다. 그를 동거인으로 기록하기 위해서였죠. 하지만 내가 할 일은 없었습니다. 이미 명부에는 2년 전 날짜로 그의 이름과 내 이름이 나란히 적혀 있었거든요. 틀림없이 그의 글씨체였어요.

나는 그에게 완전히 사기 당한 기분이었습니다. 그것도 이미 2년 전부터! 관리인이 동거인 등록이 필요하다고 했을 때, 우리는 그를 비웃으며 '내가 그이고 그가 나여서 동거인 명부에도 이름을 올릴 필요가 없다'고 이야기했으니까요!

처음부터 모든 게 나의 오해였나? 내가 관리사무소에 가야겠다고 마음먹은 순간, 나도 이미 나는 그가 아니며,

내 입으로 나오는 말까지만 진짜

그도 내가 아님을 인정하는 것이었지만, 2년 전 저는 절대 그렇게 생각하지 않았죠. 우리가 하나라는 것은 설명할 필요도 못 느낄 정도로 당연한 거라고 생각했어요. 그런데 설명할 필요 없는 것이 아니라 애초에 그런 건 없었던 모양이었죠.

나는 집으로 돌아가 그에게 언제 동거인 등록을 했냐고 물었습니다. 그는 처음 듣는 것처럼 눈을 동그랗게 떴죠. 그걸 어떻게 알았느냐고 물었습니다.

"그게 중요해?"

"그게 중요해."

할 수 없이 나는 쓰레기 버리는 것을 물어보러 관리사무소에 갔다가 알게 되었다고 말했어요. 그는 내 말을 믿지 않았죠.

"애초에 동거인 등록하러 간 거지?"

"니가 이미 했잖아."

"너가 모르게 했잖아. 그건 여기서 너랑 좀 더 편하게 살기 위해서였어."

"내가 모르게 한 게 도대체 무슨 소용이야. 너랑 나랑은 하나라서 그런 거 필요없다며!"

"너는 항상 무슨 농담한 걸 가지고 그렇게 진지하게 말하니까!"

그는 본인이 더 어이없다는 듯 나를 내려다봤답니다. 말 그대로 미치고 팔짝 뛸 노릇이었죠. 나는 최면에라도 풀려난 사람처럼 의자에 앉았습니다. 이게 연극이었다면 지금 핀조명이 떨어지고 있을 겁니다.

그는 일주일도 안 되어서 작은 학원에 취직을 했고 나도 마트 아르바이트를 다시 시작했어요. 그는 나에게 그런 말해서 미안하고, 진심이 아니었고, 어쩌고 하는 편지를 써서 보여주었어요. 진심? 아무래도 상관없었죠. 시간은 어떻게 흐르는지 알 수 없게 흘렀습니다.

2년

우리가 만난 지 2년째 되던 해가 바로 작년이에요. 애인이 다니던 학원이 망했어요. 해고 통보를 받은 날 그는 "에잇 씹팔. 내가 거기 밖에 갈 데가 없을까 봐? 내일이라도 부르는 데가 있다고" 하며 소주를 한 병 마셨죠. 시간이 지날수록 점점 그의 대사 뒷부분은 한 구절씩 사라지더니 쌍욕조차 하지 않았고, 마시는 소주는 사라진 구절만큼 늘었습니다.

그가 학원에서 일하는 동안 모은 돈은 없었어요. 그는

내 입으로 나오는 말까지만 진짜

수중에 돈이 들어오면 무조건 쓰고보는 타입이었죠. 아니면 자기 빚을 갚던가요.

그는 깨어 있는 시간 대부분을 컴퓨터 게임을 하면서 보냈어요. 나는 단기로 일하던 마트에 평일 내내 나가야 했습니다. 퇴근해서 집에 들어오면 며칠 동안 감지 않아 떡이 진 그의 뒤통수가 보였습니다.

언제부턴가 그는 마트의 카운터 앞이나, 배달음식이 오거나, 돈을 지불해야 하는 상황이 오면 자기 지갑은 꺼내는 척도 하지 않고 "내 카드로 할까?"라는 질문을 했지요. 나보고 내라는 소리였습니다. 그러면 나는 아무 대꾸 않고 내 지갑을 꺼냈답니다. 통장에 찍힌 숫자는 다시 짤막해 졌어요. 내 월급이 들어오는 때만 살짝 길어졌다가 도마뱀 꼬리처럼 도로 뭉텅 잘려나가기를 반복했죠.

모처럼 쉬는 날 아침, 늦잠도 자고 게으름을 피우고 싶었던 지난밤 마음과는 다르게 너무 일찍 눈이 떠졌습니다. 그는 내가 일어나고 얼마 되지 않아 곯아떨어졌고요.

침대에서 내려와 화장실로 가는데 뭔가가 내 발 끝에 채인 후 방바닥에 검은색 호를 그렸습니다. 그가 재떨이로 쓴 500밀리리터 콜라 페트병이 쓰러진 거죠. 머리에 총 맞은 사람처럼 쓰러진 페트병을 얼른 세워놓고 휴지, 물티

슈, 걸레로 방바닥을 한 번씩 닦아냈습니다. 잘 닦였는지 뒷걸음질 치다 발뒤꿈치에 다시 뭔가가 채였죠. 이번엔 콜라 캔. 색깔과 냄새로 보아 내용물은 동일.

'무슨 지뢰도 아니고 뭐야.'

컴퓨터 옆에 있는 담뱃갑을 열어보았습니다. 반 갑 정도 담배가 남아 있었어요. 페트병 안에 남은 검은 액체를 담뱃갑 안에 들이부었습니다. 그리고 쓰레기통에 넣었죠. 그냥 버리는 것으로는 속이 차지 않기 때문이었어요. 하지만 곧 후회했어요. 새로 살 담뱃값도 내 지갑에서 나갈 게 뻔했으니까요. 한숨을 쉬었지만 그가 깨지 않았기 때문에 더 큰 소리로 열 번 정도 쉬고 또 내쉬었습니다.

입을 떼면 말보다 한숨을 뱉는 날이 더 많아졌지요. 번 돈보다 갚아야 할 금액이 커질수록, 그리고 그 부담을 오롯이 혼자 짊어질수록 나는 화가 자주 나기 시작했어요.

"여기서 마트까지 너무 멀어서 피곤해."

"사람들 지나다니는 소리 지긋지긋해. 2층이라 그런가."

"이 방은 낮 동안에도 볕이 안 들어서 너무 어두워."

나는 분노의 이유를 여럿 찾아내고, 화내고 또 화냈습니다. 그러면 그는 가만히 내 어깨를 안으며 다정하고 따

내 입으로 나오는 말까지만 진짜

뜻하게 말했지요.

"아이구, 그랬어? 화내지 마, 내가 있잖아."

그 말을 듣고 생각했습니다.

'그래서 어쩌라고?'

그는 며칠 후 말했습니다.

"방 계약 만료일도 다가오는데 우리 다른 곳으로 옮겨
보는 것 어때?"

하지만 이사는 당장 하루이틀 생각하고 결정할 일이 아
닌 터라 며칠 생각해보겠다고 했습니다.

같이 고기를 구워 먹던 어느 날 밤, 기름장을 엎질렀을
뿐인 그에게 '정신을 어디다 팔고 있는 것이냐'며 심하게
화를 낸 적이 있어요. 그 후, 커다란 덩치로 쪼그려 앉아
흘린 기름장을 여러 차례 휴지를 바꿔가며 닦아내고 있는
그의 모습을 보니 미안한 마음이 들었어요. 나는 멋쩍게
한마디 했습니다.

"어쩌면 이 방, 수맥이 흐르나?"

누가 봐도 그에게 화낸 것이 명백한데 난데없이 수맥
탓을 하고 나니 머쓱했죠. 그는 무엇을 흘렸다고 해도 몇
번씩이나 같은 자리를 닦지 않는 성격이었어요. 그런데

내게 꼬투리 잡히지 않으려 노력하는 그의 뒤통수가, 그깟 부끄러움 따위 중요하지 않다고 말하는 것 같았습니다. 그리하여 안쓰럽고도 미안한 그 노력 탓에 3년 동안 잘 자빠져 잔 곳에서 나는 그 말과 함께 이사를 결정하게 되었던 거죠.

'그래, 환경이라도 바꿔보자.'

내가 속으로 생각했을 때 그는 말했습니다.

"맞아, 사실 너한테는 말 못했지만, 여기 이 방 기운이 예전부터 이상하더라고."

그 방은 그도 항상 코까지 골아가며 잔 곳이었지요.

이사

급하게 하는 이사다 보니 사실 계획이라고 할 수 있는 부분이 없어 꽤 골치 아픈 일이 많겠다고 예상했지만, 생각보다 쉬워서 서운할 정도였습니다. 다만 모아둔 돈이 이사 갈 집의 보증금보다 적었기 때문에 나는 이사하는 날까지 일을 해야 했습니다.

그래서 애인이 혼자 도시로 나가 집 계약을 했고, 용달 트럭도 나가는 날에 맞추어 운 좋게 예약할 수 있었어요. 시대의 종결은 생각만큼 감상적이지도 감동적이지도 않았

내 입으로 나오는 말까지만 진짜

죠. 세간이 빠져나간 자리에 청소 못한 방구석이나 곰팡이 슨 벽이 드러나서 집주인이 청소비 명목으로 얼마쯤 더 청구하지 않을까 걱정 따위를 하다 보니, 슬픔이나 서운함, 추억 따위는 별달리 떠오르지 않는 거예요.

딱히 공제할 부분이 없어 보증금 전액을 익일 통장으로 입금시켜주겠다는 집주인의 전화를 받고서야 '아, 내 방, 내 집, 잘 있어, 잘 있어라' 하는 애상적인 인사를 속으로 하다가도, 혹시나 그 방에 뭔가 놓고 온 건 없나 하는 현실적인 걱정이 들면 간단히 눈물 따위는 뚝 그쳐지는 거죠.

해체된 채, 용달차에 실린 나의 우주는 두 시간여 쯤 후에 신세계에 내려졌어요. 그러나 실을 때는 전혀 몰랐던 사실이 있었어요. 낡아도 너무 낡은 세간을 옮기면서 새집에 왔다는 설렘이 무색할 정도로, '내 우주가 이렇게 보잘것없는 사물들로 채워져 있었나' 하는 생각에 무척이나 창피해졌습니다.

온 힘을 다해 지켜온 내 것들은 눈부신 햇살에 헐어버린 제 모습을 적나라하게 내보이고 있었죠. 오래 쓴 것이니 당연한 것이라고 스스로 다독여보았지만, 슈퍼 앞에서 주워온 당면 박스에 담긴 나의 안살림은 어쨌거나 헌 것이었어요. 이 빠진 그릇과 어떻게 씻어도 벗겨지지 않는 기름때 긴 프라이팬과 노랗다 못해 거뭇한 먼지가 앉은 선풍기, 그리고 버리기 아까워 모으는 데 목적이 있던 화장품 샘플 따위들…. 곧바로 쓰레기통으로 직행해도 이상할 것 없는 물건을 이토록 소중히 간직해 다뤄왔던가.

실어온 물건들을 미련 없이 통째로 버리는 상상을 하면서도 그것들을 대체할 금전적 여유나 그럴 만한 욕심도 없었어요. 다만 다른 사람 눈에 띄지 않게 빨리 짐을 나르는 게 내가 할 수 있는 최선이었죠. 꼭 버리거나 새것을 사지 않아도, 남의 눈에 띄지만 않으면 나는 이 물건들의 주인이 아닐 수도 있게 되는 겁니다. 이런 생각 중에 허름한 차림을 한 누군가가 내 짐을 가지고 가려는 기색으로 다가오는 것이었어요. 저는 그에게 소리를 지르려다가 자세히 보니 다름 아닌 내 애인이었죠. 이사할 땐 옷이 쉽게 더러워진다며 버리기 직전의 옷가지만 주워 입었더라고요. 멍하니 선 나를 뒤로 하고 짐을 열심히 나르는 그의 행동이 평소보다 날렵했습니다.

"얼른 방 안에 들어가 있어. 방 안에. 이건 내가 할게, 얼른."

그는 내게 말했습니다.

내 입으로 나오는 말까지만 진짜

엉터리 수화

이사한 곳은 원래 살던 곳보다 번화해서 방 값이 비쌌
습니다. 이전에 살던 방과 비교했을 때 보증금은 세 배나
비쌌고, 월세 및 각종 공과금도 몇 만 원쯤 더 내어야 했지
만 크기는 두 배 이상 작았죠.

이전 넓은 방에 있던 물건을 어떻게든 좁은 공간에 효
율적으로 들여놓아보려고 며칠을 궁리하고 연구했습니다.
하지만 크기도 크기지만 정말 큰 문제는 생각지도 못한 곳
에 있었어요. 이사한 집은 방음이 심각하게 되지 않았던
거예요.

그가 집을 보러 왔을 때는 조용했다고 합니다. 알고보
니 양 옆집이 계약이 되지 않은 채로 비어 있어, 방음을 생
각지 않을 정도로 조용했던 것이었어요. 우리가 이사 오고
나서, 1~2주 사이에 203호와 205호는 차례로 들어왔는
데, 그제서야 우리는 이 집의 방음 상태를 확실히 알 수 있
었죠.

우리가 사이좋게 누워 있던 날 밤이었습니다. 그날 오
후에 203호 여자가 입주했지요. 203호 여자는 갑자기 사
래가 들렸는지 발작적으로 기침을 하기 시작했는데, 그 소
리가 마치 우리의 정수리에 대고서 기침하는 것처럼 생생

했습니다. 깊은 밤이라 작은 소리도 크게 들릴 법하다고 한 발 물러서서 생각해봐도 그 소리는 집과 집이 벽으로 가로막혀 있다고는 도저히 생각이 안 될 정도로 가까이에서 들렸죠. 혹시 나는 우리의 모습이 옆집에서 반투명하게 비쳐 보이는 건 아닐까 생각될 정도였다니까요! 과장이 아니라 정말 이런 집이 존재하고, 바로 우리 집이 그런 집이었습니다.

이런 식으로 건물을 지은 건설회사가 황당하기도 하고 이런 곳에 입주 계약을 시킨 부동산업자에게도 화가 났지만, 이런 기본적인 사항을 잘 알아보지도 않고 계약해버린 애인에게 제일 짜증이 났습니다. 권태를 피해 도망 온 곳이 고작 이 따위라니! 나는 애꿎게도 내 머리 위에 있는 콘센트에 대고 똑같이 크게 기침을 해댔습니다. 그래봤자 그녀도 우리와 같이 속아 들어온 입주민일 뿐이었죠.

애인은 이불을 자신과 나의 머리끝까지 끌어올렸습니다. 네 발만 이불 밖으로 배꼼 나왔습니다. 그러나 더 이상 뭘 할 수는 없었지요.

"미안해."

그는 입 모양을 지어 보였습니다.

"아니야."

내 입으로 나오는 말까지만 진짜

나는 일부러 힘주어 크게 말했습니다. 내 목소리에 옆 방 여자의 기침소리가 대답처럼 돌아왔어요. 이 정도의 방음 상태라면 소음 문제로 분쟁이 자주 일어날 것 같았기 때문에 적어도 우리 집은 조용한 역사가 있어야 했어요. 옆집이 시끄러울 때 당당히 문을 두드려 항의할 수 있는 명분을 만들기 위해 우리는 애를 썼던 거예요.

나는 규칙을 만들었습니다. 전화할 일이 생기면 이불을 뒤집어쓰고 통화하거나, 복도로 나가서 통화한다거나 하는 따위의 규칙을 말이죠. 하지만 복도에 나가는 것보다 이불을 뒤집어쓰는 것이 훨씬 편했기 때문에 나는 통화할 때 매번 이불 속으로 파고 들었습니다.

아주 가끔 애인에게도 전화가 걸려왔는데 대부분 광고 나 보험 안내였습니다. 그 '아주 가끔' 중에서도 또 가끔 친 구의 전화가 걸려오기도 했지만, 그때마다 나처럼 이불을 뒤집어쓰고 통화를 했고 시간은 5분 이내로 짧았지요.

애인이 어쩌다 실수로 TV 소리를 크게 틀면 나는 미간을 찌푸리고 십자가처럼 서서 양 옆 벽을 가리켰습니다. 애인은 눈썹을 크게 올려 입을 벌리고 볼륨을 줄였습니다. 크게 웃거나 말해도 마찬가지였지요. 그러나 생리현상으로 인한 소리로는 나 역시도 항의하지 않을 것이어서 우리는 기침이나 재채기 정도는 마음 편히 할 수 있었습니다.

이런 기준을 이미 다 알고 있는 그가 한번은 방귀를 시원하게 뀌고 TV 리모컨을 자기 엉덩이에 대고 볼륨 낮추는 시늉을 했답니다. 나는 그의 과장되고 익살맞은 행동과 상황이 웃겨서 크게 웃어버리고 말았는데, 그는 다시 내 입에 리모컨을 대고 볼륨 낮추는 시늉을 했어요.

우리는 지구에서 가장 가까이 있었지만 대화를 나누지 못했습니다. 우리는 모든 말을 생략하고 엉터리 수화 동작을 지어내어 소통했습니다. 그런 모습이 바보 같기도 하고 처절하기도 했어요. 그리고 나서는 최대한 소리 내지 않고 웃기도 했죠. 가끔 미안할 만큼 눈치를 준 날에 나는 그의 귓가에 속삭였습니다.

"우리는 머릿속이 다 연결되어 있지. 그래서 말로 다 하지 않아도 알잖아."

실상은 입만 벙긋하는 수준이었기에, 그가 들었든 못 들었든 상관없이 그냥 나 혼자 속 편해져서 그의 품에 억지로 파고든 것이에요.

귀신

이사한 후 한 달, 3월이 되었습니다. 아직 따뜻하려면

내 입으로 나오는 말까지만 진짜

일렀고 나무도 헐벗었지만 하여간 사람들이 봄이라고 부르는 시절이었죠. 그는 이사한 이후 줄기차게 이력서를 뿌리고 구직란을 살폈습니다.

그는 운이 좋게 새 직장에 출근하게 되었어요. 새로 생긴 작은 회사라는 데 어떤 업무를 담당하게 될지는 모르지만, 여태껏 임시강사직을 전전하던 그로서는 좋은 직장임에 틀림없었어요.

나는 이력서를 뿌려댔지만 연락 오는 곳이 없었어요. 혹시 연락이 와서 면접을 봐도 두 번 다시 같은 노선의 버스를 탈 기회는 없었답니다.

나는 불면증에 시달렸어요. 동이 틀 때쯤 잠들었고 그가 출근하고 한참 후에 일어났습니다. 내가 일어나서 얼마 안 있으면 그가 퇴근했죠. 그는 내게 괜찮다고 했어요. 나도 괜찮다고 했지요.

"지금 아니면 언제 또 쉬어?"

그러나 이력서는 계속해서 발송되고 있었습니다. 그러나 나는 계속해서 쉬길 스스로 원해야만 했습니다. 부르는 곳이 없었으니까요. 그는 수입이 많지는 않았지만 대강 한 달 생활비와 맞아떨어져 모으진 못해도 그나마 하루하루 먹고 살 걱정은 없어 다행이었습니다.

우리는 그 봄에 벚꽃을 꺾어서 시집에 꽂아놓지 않았기 때문에 모든 벚나무의 가지는 무사했답니다. 나는 우연히 꺼낸 시집에서 1년 전에 꽂아놨던 벚꽃 잎을 보고 그 사실을 깨달았지만 조용히 책을 덮었습니다.

봄이 오기 전 겨울, 직접 크리스마스카드를 만들어 서로에게 교환하던 전통도 한 해를 걸렀던 거죠. 크리스마스카드는 못 만들었지만, 신년에는 신년카드를 만들자며 호들갑 떨며 했던 약속도 지켜지지 않았습니다.

그나 나나 딱히 말을 꺼내지 않은 건 허물어져가는 전통을 굳이 들추어내고 싶지 않아서였겠지요.

4월, 어느덧 두 달이 지났습니다. 가끔 옆집에서 조용히 하려는 노력조차 하지 않을 때면, 나는 콘센트에 대고 크게 기침을 해댔지요. 그는 나를 보지도, 웃지도 않고 그저 이어플러그를 찾아 귀에 꽂았습니다.

그는 회사 적응에 힘들어했습니다. 일이 너무 복잡하고 힘들다고 했죠. 그는 퇴근해서 집에 들어오면 한숨을 내쉬었고 자주 두통에 시달렸습니다. 그 즈음 203호와 205호에 세 들어온 사람들은 무슨 이유에서였는지 두 달을 다채우지 못하고 방을 빼더군요. 그래서 나는 통화할 때 더

내 입으로 나오는 말까지만 진짜

이상 이불을 뒤집어쓰지 않았고 TV 볼륨도 조금 키워서 틀어놓을 수 있었습니다.

하지만 달라지지 않은 점이 더 많았죠. 우리는 속삭이는 수고로움 없이 마음껏 이야기할 수 있는데도 말을 하지 않았습니다. 그는 전화 통화할 때 여전히 복도로 나갔습니다. 그리고 긴긴 통화를 하고 들어왔죠.

그가 보험 안내 전화로 하루에 다섯 번이나 복도로 나갔다가 빨간 귀로 들어온 날, 나는 겁에 질려 말했습니다.

"아무래도 이 방에 귀신이 있나 봐."

그의 빨간 귀를 예전에나 본 기억이 납니다. 나는 무용한 피임약을 3주째 먹고 있었습니다. 내가 진실이라고 믿고 싶은 사건은 따로 있어야 했기 때문에, 그의 빨간 귀를 보고서는 얼른 환경 탓으로 돌린 것이죠. 그의 귀가 어서 본연의 색으로 돌아오게 해야 했습니다. 그러기 위해서는 어리둥절한 표정을 하고 있는 그에게 이 방의 귀신에 대해 구체적으로 이야기해야 했어요.

"화장실에서 누가 자살을 했나 봐."

나는 즉흥적으로 내뱉었어요.

"그냥 머릿속에 그림이 그려져. 일단은 여자고, 목을 맨 거 같아."

순 거짓말인 이야기를 그는 맞장구치며 한 술 더 떴습니다.

"맞어, 어쩐지 집에 들어오기가 싫더라고."

서로 간파하고 있는 사실이 있다고 해도 어느 정도의 연기는 예의입니다. 일부는 진실이기도 하지요. 나는 그때서야 깨달았습니다. 신화를 지우기 위해서는 새로운 신화가 필요한 것이라고. 그게 지어낸 귀신이라고 할지언정.

'너의 새 가족 잘 찾았니?'

하지 못한 말이 불덩이가 되어 목젖을 태웠습니다.

며칠 전 그의 바지를 세탁하려고, 바지 주머니에 무엇인가 들었는지 손을 넣었습니다. 작은 종이가 있었어요. 꺼내어보니 이렇게 적혀 있었지요.

전화주세요. 친해지고 싶습니다. 이정현 010-3916-○○○○

내게 줬던 메시지와 같은 것이었습니다.

'이걸 아직도 가지고 있는 건가?'

그런데 뭔가 이상했죠. 그것은 내가 사준 수첩의 종이에 쓰인 글이었습니다. 우리가 만난 후에 선물한 수첩의 종이로 내게 메모를 쓸 수는 없는 노릇입니다.

내 입으로 나오는 말까지만 진짜

나는 메모를 접어 식탁 위에 올려놓았습니다. 그가 퇴근하고 나서 그것은 금방 사라졌습니다. 귀신 소동 후 곧 그는 짐을 싸서 나갔습니다.

500원을 훔쳤어

애인과 헤어진 지 한 달하고 보름째. 비빔국수만 꼬박 열흘째 먹은 날이었어요. 아르바이트를 해서 들어오는 돈은 월세에 관리비로 전부 빠져나갔고 그마저도 모자라는 달도 있었습니다. 월세니 관리비니 좀 비싸야지. 살림에 들어가는 모든 돈을 최소화해야 했어요. 비빔국수를 먹기 전에는 밥을 지어 다른 반찬이 필요 없는 볶음밥을 해먹거나 그냥 라면 따위를 먹었는데, 어느새 쌀도 라면도 제값 주고 사기에 비싸게 느껴지는 시기가 오더라고요. 뭐, 말한 대로 수입이 좋지 않았으니까.

어떻게든 장을 보지 않고 끼니를 때우려고 찬장을 뒤졌는데, 구석에 처박혀 있는 소면을 발견한 거예요. 나는 국수를 좋아하는 편이 아니었으니까 아마도 그건 그 사람이 사났던 걸 거예요 그 사람은 국수를 좋아하거든요.

하지만 돈이 없으면 기호를 포기하는 것 따위는 아무것도 아닙니다. 수긍이 됩니다. 기호 같은 게 다 뭐예요. 식

욕, 성욕도 최소한으로 발현되죠. 만족 기준이 낮아져요. 배만 채울 수 있으면 내가 평소에 아무리 싫어하던 음식이라도 상관없어요. 아무튼 좋아하지도 않는 소면 한 봉지로 하루 한 끼 국수를 말아먹고 열흘을 버텼죠.

그러고 나서 그날 저녁에 나는 아르바이트하는 가게에서 결국 500원을 훔쳤어요. 그런데 더 싫은 건 그 500원을 훔친 그때로 다시 돌아가도 나는 또 훔쳤을 거라는 사실이에요. 백 번이고 천 번이고 또 다시요. 거듭할수록 더 대담하고 신속하게 말이죠. 워낙 돈이 없었으니까.

"당신이라도? 당신이라도 그랬을 거라고요?"

20대의 마지막 여름 7월에, 내년이면 서른이 되는데, 나는 스물아홉 살 먹은 미성년과 다를 바가 없구나, 스스로 가여운 마음에 500원 짜리 동전 손에 쥐고 매미 소리를 들으며 몸을 떨었어요. 쟤네가 땅 속에 있을 때 나는 그와 함께 잠깐이나마 찬란했었는데. 이것도 자기연민필터를 끼고 봐서 이 정도지 사실은 그냥 도둑년인 셈이지요.

그때서야 생각났죠. 내가 서른 전에 죽는다고 생각했던 게 다 이유가 있었구나. 어떤 논리적인 연결고리를 찾았다기보다 내가 겪었고 겪고 있는 삶의 연장선상에서 그렇게 종결 지어지는 것이구나, 하고 깨닫게 된 겁니다. 매미는

내 입으로 나오는 말까지만 진짜

더 힘차게 울고, 애인은 떠났고, 500원을 훔치고, 나는 내 년이 오기 전에 죽는다….

내년에 죽는다고 생각하니 못할 게 없더라고요.

나는 그를 찾아가기로 했어요. 임신 핑계로 그의 직장에 찾아가 만나야겠다고 생각했지요. 구질구질하지만 어쩔 수 없었어요. 뭘 어떻게 하겠다는 구체적인 계획이 있었던 것은 아니었고, 그냥 그 사람 눈을 보면서 이 얘기를 해줘야겠다 싶었습니다. 전화나 문자로는 이야기하기 싫었어요.

그가 근무하는 학원은 내 생각과는 다르게 꽤 크고 번듯한 건물에 있었어요. 근데 왜 나보고는 그렇게 구리고 싫다고 했을까. 입구를 찾아 두리번거리는데 그가 엘리베이터 쪽에서 불쑥 튀어나오더라고요. 손을 흔들며 아는 체하려는데 어떤 여자애가 그의 팔짱을 끼고 나오더군요. 그 사람 분명 나랑 눈이 마주쳤는데 그냥 지나가더라고요. '저 여잔 뭐지, 아는 동생인가?' 하고 쫓아가서 말 걸었지요.

"얘기 좀 해."

"누구신데요?"

그가 눈이 동그래가지고 되묻더라고요.

"오빠, 이 여자 누구야?"

그 여자도 묻더라고요.

"몰라. 뭐 다른 사람이랑 착각 했나 보지. 가자."

그 사람이 미친 여자 보듯 나를 험하게 훑더니 당황한 기색도 없이 그 여자 손을 끌고 가려고 했습니다.

내가 누군지 보증해줄 사람은 그 사람밖에 없잖아요. 나 스스로는 나를 보증할 수는 없잖아요. 다른 사람들에게는 서로의 존재를 서로가 보증해주어야 실재하는 사람이 되는 것이 우리인데 말이죠. 그가 우리 오빠에게 그렇듯, 나 역시 그의 말 한 마디에 이 세상에 없을 수도 있는 사람이 되는 거죠.

나는 둘의 앞을 가로막고 서서 그 여자에게 물었어요.

"누구세요?"

나와 달리 여자는 '하-' 하고 콧방귀를 한 번 뀌더니 가소롭다는 듯 자기가 누군지 얘기하더군요. 이 사람 마누라래요. 도저히 이해할 수 없는 말이었어요. 뭐가 어디서부터 잘못된 것인지 알 수가 없었어요. 나는 우리 아빠의 동거녀 얼굴을 하고는 멍청히 섰어요.

"그러는 당신은요?"

내가 대답할 수 있는 범위가 아닌 질문이 다시 사납게

내 입으로 나오는 말까지만 진짜

돌아왔습니다.

"미친년이네, 이거. 상대할 필요 없어, 빨리 가자니까."

나는 마누라라는 여자의 손을 내차 잡아끌고 도망치듯 걷는 그 남자 뒤통수에 대고 '내가 무슨 성령으로 잉태하니?' 하고 소리를 지르려다 깨달았어요.

그는 나를 보증해줄 마음이 없으며, 나 또한 입을 꾹 닫는다면 모든 게 없던 일이 되는 거라는 깨달음 말이죠.

없던 일이 되면 나도 쉬울 것 아니겠어요?

3년 동안 있었던 일이 내게 있던 사실이 되니까, 지금 내가 힘든 거잖아요. 어차피 사실 내 자궁엔 아무것도 들어 있지 않으니 상관없었죠. 그런데 애초에 이 모든 걸 없는 셈 치게 만든 사람이 떠올랐어요.

나는 곧바로 뒤돌아 그 길로 집에 갔어요. 엄마와 오빠가 사는 집 말이에요. 나는 집에 들어서자마자 부엌에 들려 칼을 들고 오빠 방으로 갔어요. 엄마가 위험하다고 찬장 구석진 곳에 넣어둔 독일제 칼을 들고요.

오빠가 컴퓨터를 하고 있더라고요. 나는 오빠를 껴안으며 말했어요.

"전부 너 때문이야."

"뭐라고?"

오빠는 되물었죠.

"전부 오빠 때문이라고."

나는 오른손을 채 다 돌리지 못하고 서둘러 빼냈어요.
열네 번은 찔러야 하는데. 오빠는 어리둥절한 표정으로 자
신의 배와 내 얼굴을 번갈아 보더니 이상한 소리를 내며
주저앉더군요. 오빠는 내게 달려들 듯이 일어났다가 배에
서 흘러나오는 내장을 손으로 부여잡으며 쓰러졌어요. 겨
우 티슈뭉치로 솟구치는 피를 막아보려고 하는 꼴이 우스
웠어요. 나는 그게 뭘 닦은 티슈인지 냄새로 알 수 있었죠.
이 새끼는 딸딸이를 치고 난 휴지를 휴지통에 버리는 일이
없으니까요. 자신의 죽은 자식들로 제 구멍을 막는 꼴이라
니, 정말 웃겼어요. 나는 오빠 방의 문을 닫고 부엌으로 가
서 물 한 잔을 따른 후에 식탁의자에 걸터앉았어요.

죽였어

"그래서 그렇게 됐어요. 죽였어."

나는 교차되어 있는 팔을 될 수 있는 대로 내려 아랫배
를 감싸려고 노력한다. 혜경 씨는 아무 말도 없이 수첩에
뭔가를 잔뜩 썼다가, 지웠다가, 다시 쓴다. 이윽고 혜경 씨
가 입을 뗀다.

내 입으로 나오는 말까지만 진짜

"거짓말이죠?"

나는 웃는다. 어쩌면 거짓말이고, 어쩌면 아닐지도 모른다.

"혜경 씨만이라도 그렇게 믿어준다면, 나는 그걸로 만족하고 살 수 있을 것 같아요."

혜경 씨가 나를 가만히 쳐다본다. 여전히 순한 얼굴로, 내가 듣고 싶어 하는 말을 한다.

"잘 죽였어요."

나는 갑자기 울고 싶어진다. 하지만 울 수 없다. 혜경 씨가 내게 말한다.

"그런데 당신이 죽인 사람은 다른 오빠인 것 같은데."

혜경 씨는 내 눈을 가만히 들여다본다.

"네."

나는 배가 아프다. 그래, 정말 죽이고 싶었던 사람은 따로 있었지. 내년에 서른이로군.

"이걸로 10회차네요. 오늘은 여기까지만 할게요."

혜경 씨가 카메라를 보며 말한다.

루 프 테 일
소 설 선

내 입으로 나오는 말까지만 진짜

1판 1쇄 찍음 2025년 12월 19일
1판 1쇄 펴냄 2025년 12월 26일

지은이 왕후민
펴낸이 신주현 이정희
디자인 Labi.D
마케팅 신보성
제작 (주)아트인
작가전속사 프리스에이전시

펴낸곳 루프(LOOP)
출판등록 2009년 11월 11일 제311-2009-33호

주소 03345 서울시 은평구 통일로 856 메트로타워 1117호
전화 02) 355-3922
팩스 02) 6499-3922
전자우편 mdsam@mdsam.net
홈페이지 http://mdsam.net
인스타그램 @mdsam2011

ISBN 978-89-6857-257-9 04810
      978-89-6857-258-6 (SET)